出る日々

北大路公子

PHP
文芸文庫

○本表紙デザイン＋ロゴ＝川上成夫

頭の中身が漏れ出る日々　目次

挿絵……霜田あゆ美
ブックデザイン……日下潤一＋赤波江春奈

頭の中身が漏れ出る日々

齋藤くんの危険な手

私の耳には小さな傷跡が二つある。一つは小学校の時に教室の机の角で切った傷であり、もう一つは齋藤くんである。齋藤くんというのは我が家で飼っていた猫の名で、もちろん本名ではない。では何かというと、あだ名だ。あだ名のない人生は寂しかろうと思って、私がつけた。たとえば卒業から数十年後の同窓会。その受付で手渡された名札に、氏名とともに当時のあだ名を書くスペースがあったとしよう。幹事の中に、そういうバカなことを考えつくヤツが必ずいるわけだが、その時、あだ名を持たぬ我が猫の心情はいかばかりか、ということである。皆が「イモ作」や「みっちょん」などと誇らしげに胸に記す脇で、ひとりうつむき、「オレに

は友達がいにゃかったんだにゃ」とつぶやく我が猫のヒゲのか細さよ、ということである。それであだ名を授けた。ちなみに私の中学時代のあだ名は「オババ」であり、そんなあだ名でもないよりはあった方がいいのかという問題は、これまた別の機会にゆっくり考えたい。

とにかく、友情の証《あかし》としてのあだ名。それを授受することで、私と齋藤くんは正真正銘の友達になった。ご存知の方も多いと思うが、猫というのは、全身これ人に愛《め》でられるようにできている動物であり、その触り心地というのは、お好きな方にはたまらんもんがある。当然、お好きな私も友達として、今まで以上にその感触を楽しんだ。とりわけ前足というか気分的には「手」であるが、それを額や頰にそっとあてがうこと甚《はなは》だしかった。梶井基次郎もいうように、あの形状は化粧道具を彷《ほう》彿《ふつ》とさせるのである。

だが、親しき仲にも礼儀あり。大切なのは引き際で、白粉《おしろい》をはたくが如き要領で顔をパフパフしていると、やがて爪がにゅーと伸び始めるから、そのタイミングを逃さずに床に下ろす。これが簡単そうでいて繊細さが要求される作業であり、実際、パフパフの最中、ふいの物音に驚いた齋藤くんが暴れ出したことがあった。パニックに陥《おちい》り、身をくねらせる齋藤くん。その拍子に爪が私の耳を突き刺し、寸刻宙づりになったのは不幸な事故であった。耳にぶら下がる五キロの猫。居合わせた妹は「猫と人の悲鳴が混然一体となり背筋が凍った」と当時を振り返るが、私にその記憶はない。ただおのれの皮膚がみりみりと裂ける音のみを覚えている。

かくして私の耳には小学校以来、二つ目の傷跡が残ることとなったわけだが、つまるところ何が言いたいかというと、猫の手というのはかように危険なものであるからして、うかつな貸借は断固やめるべしと、先刻からなにやら立ち働きつつ「あー忙しい。猫の手も借りたい」とぼやいている母に忠告したところ、「だから！そういうことでなくて！　あんたに手伝ってって言ってんの！　ああもう、いっそ猫の子産んでた方が役に立ったわ！」と叱られて釈然としないのだけれども、でも私は間違ってないよねということなのである。そう、断じて間違ってはいないのだ。

いたたまれない三十秒

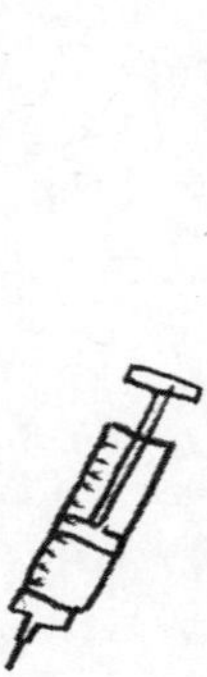

私はそれを「人生で最もいたたまれない三十秒」と名付け、後世に伝える決意をした。春まだ浅い三月のことである。午前八時のコンビニエンスストアに私はいた。店は出勤前の人たちで思いのほか混雑していた。レジに並ぶ彼らの脇をすり抜け、私はビール売り場へ向かう。佐藤浩市がＣＭに出演している限りは一生買い続けると誓ったキリン一番搾りを六本。いや、やっぱり十二本。一気にカゴに入れると、近くにいた若い娘さんが、ぎょっとして私を見た。彼女の心の声がはっきり聞こえる。「朝っぱらから酒に走る中年アル中女」。逃げるようにレジに急ぐ。列に並んでいる間も、さっきの娘さんの目が忘れられない。場違いな自分を恥じつつ、せめて堅気の皆さんの妨げにならぬよう、あらかじめ財布を用意しようとす

る。が、緊張のせいかあるいは手元が狂ったか、あろうことか鞄の中からは財布ではなく注射器が飛び出した。それが勢いよく床に転がる。派手な音が響き、誰かが小さく言った。

「……注射器」

だから注射器である。糖尿病を患《わずら》う飼い犬用で、その日も出がけにインスリンを射ってきた。いや、正確には注射のついでの買い物なのだが、それが落ちた。途端にあたりの空気が変わる。誰もがこちらを見る。べらぼうに見る。私の顔と床の注射器と、それからビール満載のカゴ、それを順番に見る。まぎれもなく「朝っぱらから酒とクスリに走る中年アル中兼ヤク中女」を見る目で見る。見るが、絶対に目は合わせない。

射るような視線を感じつつ、私は慌てて注射器を拾おうとする。ところが注射器は、落下の衝撃でキャップがなくなり、針が剝《む》き出しだ。お約束のように掌《てのひら》に刺す私。「ぎゃっ」。後ろの人が後ずさりするのがわかった。顔をあげると、さっきお茶を選んでいた娘さんだ。ああ、また彼女を驚かせてしまった。申し訳なさのあまり、気がつけば私はなぜか彼女にひきつった笑顔を向け、血のにじむ手で注射器を掲げて、こう口にしている。

「だ、大丈夫、これ犬なんです」

いや間違えた犬じゃなくて注射器注射器、ていうか犬に使う注射器、と心中激しく訂正するも手遅れ。娘さんは絶句している。私はどうしていいかわからず、ひきつり笑顔のまま前を向いた。手にはまだ剝き出しの注射器を持っている。カゴには山盛りのビール。午前八時。前の人のレジを打ちながら、店員さんがチラチラと私を見る。周りの人々も見る。「朝っぱらから酒とクスリに走ったあげく幻覚を見て意味不明な言葉を笑顔で口走る中年アル中兼ヤク中女」を見る目で見る。もういっそ帰ろうかと思うが、ここで突然店を飛び出すのも逆効果ではないかと、動くことができない。

結局、石像のように固まりながらレジに並び続けた。おそらく三十秒にも満たない時間であったと思うが、その間のいたたまれなさは他に類をみない。後世に伝える価値があるものと信ずる。

その後

注射をした足でそのまま外出、という私の習慣はこれ以降も幾度かの波紋を引き起こした。注射器を車の助手席に置いたまま知り合いを迎えに行き、乗り込んできた知人を数分間にわたり不自然に沈黙・発汗せしめたこと一度。同じく助手席に置いたまま運転中、信号待ちでパトカーと並んだだけでなぜか動揺し、慌ててシートの隙間に隠すこと一度。そのまま友達の家へ行き、浮世の憂《う》さを忘れて愉快に遊んだものの、同時に注射器のこともきれいさっぱり忘れ、数カ月の後、車検に出した車屋さんから、「あの、これ、あの、いいんですか……？　いいんですよね……？」という、主旨はわからないが深刻な気持ちだけはよく伝わる問い合わせを受けたこと一度。犬の注射でこれだから、本当にイケナイお薬などに手を出している人は、いろいろ気を遣って大変だろうなと同情したことである。ちなみに前述の知り合いからは、酒井法子逮捕の時に「キミコさんのこと思い出しましたよ！」とメールが届き、一度植えつけられたダーティなイメージはなかなか払拭《ふっしょく》できないと知った。酒井法子も諦めた方がいい。

その後のその後

ノリピー、まさかの復帰。私はといえば佐藤浩市ＣＭ降りたので、ビールの銘柄変えました。

四月の年賀状

某日。大学時代の同級生からハガキが届く。ハガキには、笑顔のネズミと「謹賀新年」と「平成二十年元旦」の文字が印刷されている。年賀状だ。四月に年賀状が届いた。そう気づいた瞬間、今自分がどこにいて、季節がいつなのか心もとなくなる。それから『猿の惑星』のことを考える。この、何かが決定的に間違った場所にいるような不安は、あの映画の主人公が砂浜で自由の女神を見つけた時の気持ちに匹敵《ひってき》するに違いないと思うからだ。「新年のご挨拶」が遅れた理由を何度も読み返し、夜、布団の中で「地球……」と小さくつぶやいてみる。

某日。年賀状のことを考える。差出人の同級生とは四年間同じ寮で過ごした。真面目な性格で、毎朝パンダの目覚まし時計で目を覚まし、休むことなく大学へ通い、ノートには教師の雑談までをも几帳面《きちょうめん》に記した。試験前に借りた近世文学のノートに、「香りマツタケ味シメジが原因」の文字が唐突に書かれていたことを思い出す。

某日。「香りマツタケ味シメジ」のことを考える。到来物のマツタケを教授が勝手に食べてしまい、それを知った奥さんが激怒。「まあまあ、香りマツタケ味シメジというではないか」となだめたつもりが火に油を注ぐ結果となり、それが原因で離婚へ。というストーリーを思いつくが、今となっては確かめる術《すべ》はない。

某日。改めて年賀状のことを考える。それにしても年賀状の賞味期限は一体いつまでなのか。一月はなんとか大目に見るとして、二月……もまあ前半までは仕方ないとして、しかしそれ以降はたちまち「手遅れ」感を抱いてしまうという事実に、おのれの小ささを実感する。友達なら、と思う。本当の友達なら、年中無休で年賀状を受け入れる度量を持つべきではないか。「私はかまわないから一年三百六十五日いつでも思い出した時に新年を寿《ことほ》いでおくれ」と、胸を開いて待つべきではないか。そう考えてからふと気づく。今年はうるう年だから三百六十六日。

某日。年賀状のことを考える。四月だからこんなに混乱するわけであって、いっその一年遅れなら大丈夫に違いないとひらめく。大量の年賀状に混じることで、実は時期外れだが一見そうは思えない事態が完成する。もちろんよくよく観察すると、並みいるウシに混じって一人だけネズミなわけだが、ツノの一つも描き加えればわかるまい。木を隠すには森の中。この素晴らしい解決策を、周回遅れの術と名づけて、一人悦に入る。

某日。年賀状のことを考えるのに飽きたので、今回の件を個人的にまとめて終わりにすることにする。一、四月の年賀状は驚く。一、二十歳をこえてパンダの目覚まし時計はどうなのか。一、『猿の惑星』で思い出したが、昔、どうも勘違いしているらしい母に「あれに出てくる猿はコーネリヤスじゃなくてコーネリアスだよ」と言ったら急に怒りだして、「じゃあメリヤスはメリアスか！」と食ってかかられたが、それは違う。

その後

私も大人になり、コーネリヤスだろうがコーネリアスだろうがメリアスだろうがメリヤスだろうがイタリアだろうがイタリヤだろうがダイヤモンドだろうがダイアモンドだろうが、もう何でもいい気がし始めている。さらに告白すると、昔から「札」と「礼」という字がどっちがどっちか一瞬わからなくなる癖があり、自分の生まれ育った場所の住所を十回に三回くらいは「礼幌市」と書きそうになるが、今やそれすらどっちでもいい気がしている。

話が通じない

古い友達に久しぶりに会ったら、全然話が通じないのである。昼酒に誘ったら喜んで「行く！」と答えたくせに、いざ店に着いたら「恥ずかしいからやめようかな」って、あんたはどこの生娘《きむすめ》かという話なのである。モジモジしながら「キミコは平気なの？」と尋ねるので、平気どころかビール飲めて幸せですがと答えたら、「でも周りが見るでしょ」って、そりゃ見るかもしれんがたかだか十数人じゃねえか、あんた自分の結婚式で花嫁衣装のまんまカラオケ熱唱して百人からの人間に見られた時は恥ずかしくなかったのかと問うと、それとこれとは別だと言うのである。

「昼間から女二人で酒なんて」「夜ならいいのか」「いい」

じゃあ三時に起きたと思えと教えたのである。三時に起きて働いたと思え。それなら起床から十時間で、今は午後六時、立派な飲酒タイムである。

「いや……ほんとは違うし」。頑固なのである。

頑固な生娘ほど始末に悪いものはないので、無視してビールを頼むと、今度はやたらキョロキョロして、「やっぱりみんな見てる」って、それはあんたが見るからである。だいたい昼間昼間とまるで昼間が恐ろしいように言うけれども、私の経験からいえば本当に恐ろしいのは午前三時の吉野家で一人でビール飲むことで、二十年くらい前だけども、それこそ周りがみんな私を遠巻きにしたというのである。店には泥酔したカップルもいて、その女の方が「ええっ！　モリシゲヒサヤのフルネームってモリシゲヒサヤなんだ！　モリタシゲジかと思ってた！」と意味不明なことを喚《わめ》いていたのだが、一人だというだけで、そのバカより私が遠巻きなのである。そもそもモリシゲヒサヤのフルネームがモリタシゲジって、ヒサヤはどこ行ったのよということである。

という話をしているうちにビールが運ばれてきて、結局は友達も飲むのである。飲むのであるが、「大丈夫かな」とか、妙なことをまた言うのである。大丈夫だろうよ、何心配してるか知らんけれども。「酔っ払わないかな」、そりゃ酔っ払うだろうよ酒飲んでんだから。「旦那にバレないかな」、じゃあバレる前に旦那にも酒飲ませろよ、酒をもって酒を制すりゃいいよ。私がそう言うと、「キミコはいつもこんなことしてるの？」と、改めて質問するのである。

「まあ、たまに」「ドキドキしない？」「だから何が」「いや、全体的に」「しないけど」「そう……」

言ったきり黙っていて盛り上がらないこと甚《はなは》だしいので、さっきの話だけど断って、とっておきの情報を教えてあげたのである。

「昼酒飲む時は早起きしたと思うといいけど、六月とかの寒い日に暖房入れようか迷った時は、釧路《くしろ》にいると思うといいよ。釧路は夏でもストーブ当たり前だから」

すると友達は、まじまじと私の顔を見て、「キミコって……おめでたいっていうか、幸せだよね……」と感極まったように言うのであるが、だから最初から私は幸せだと言ってるんである。本当に人の話を聞けというんである。いいから酒飲めっていうんである。まったくもって話の通じないことは苦労であると思った。

悪の組織におびえる

　自分でいうのもなんだが、私は実に謙虚な人間である。これは、向上心や好奇心というものを持ち合わせていない生来の性質に依《よ》るものであり、「世の中は自分の知らないところで回っている、そんでもって世間は私よりみな偉い」という事実を、当然のこととして受け入れているからである。「愛は食卓にある」とキユーピー3分クッキングの人が言えば、ああそうだあんたの言う通りだ人は私が独身であることについて寂しくないかとまま問うけれども食事のたび愛に囲まれているから寂しくはないのだと頷《うなず》き、昔、「みなしごハッチ」でシマコハナバチが親のないハッチを育てるのを見てからは、なるほどシマコハナバチはすこぶる親切な昆虫であるから今度飛んでいるところを見かけたらぜひ金を借りよう、と思い続けている素直な人間なのである。

そんなわけで前置きが長くなって恐縮だが、先日、コンビニの娘さんに「百円返せ」と言われた件についてである。外出途中で入ったその店で、ちょうど七百円分の買い物をした私は、百円硬貨七枚で支払いをしようとしたのである。端数なしの買い物に釣り銭なしで挑んだのである。その意気やよし、である。しかし、実際は気合いが空回りしたせいか、ついうっかり八枚の百円硬貨をカウンターに置いてしまったのである。よくあることであり、私もすぐに気づいて、あ、多かったですね、とそのうちの一枚を戻したのである。正しい処置だと思う。思うのだが、なんと娘さんはそれをきれいに無視したのである。無視して、「では八百円からお預かりします、百円のお返しです」と言って、レジスターから釣銭の百円硬貨を新たに取り出したのである。いや、と私は驚いたのである。何が何だかよくわからないが、釣りなんかもらっている場合じゃないのはわかるのである。確認すると、カウンターには百円硬貨がちゃんと七枚。残りの一枚は既に私の右手に収まっているのである。それで私は、「いや、ここに……」そう言って右手の硬貨を見せたのである。すると娘さんはものすごい真顔で、「あ、では先にそちらの百円を返してもらえますか」と、私の手元にある百円硬貨の返却を求めたのである。そして、混乱する私から百円硬貨を淡々と受け取ると、「百円のお返しです」と言って、釣り銭の百円硬貨を改めて渡してくれたのである。「ありがとうございました！」

　それで呆然《ぼうぜん》としたまま店を出たのであるが、我に返って思ったのは、もしかしたらあれは何かの合図だったのではないかということである。私は大変謙虚な人間であるから、理解不能なこのような出来事も、何か自分だけが知らない社会的規律に則《のっと》ったものではないかと考えるのである。たとえば悪のコンビニ組織。悪のコンビニ組織に拉致《らち》されている娘さんからの救出要請が、あの奇妙な硬貨交換であったとしたら。そしてそれが誰もが知る社会的常識であるとしたら。そう考えて、私は身震いするのである。自分の無知と無慈悲が恐ろしいのである。胸が激しく痛むのである。かくなるうえは、せめてもう一度店を訪ねて、娘さんの無事を確認したいところだが、なにぶん外出先のことであり、店の場所も忘れてしまった身としては、あの娘さんがいつかシマコハナバチのような親切な人に助けられることを祈るしかないのである。

新しい人生訓

今更という感じではありますが、みなさま連休はいかがお過ごしでしたでしょうか。私は相変わらず内向きに暮らしており、とりたてて人生における大事というものはなかったんですが、道には迷いました。時間にして一時間くらい。数年ぶりに知人宅を訪ねたところ、「巨大犬がいる家の前を左折」という目印の犬を見つけられなくて、「あれ？　犬は？　あれ？」とか思ってるうちに、本格的に狐《きつね》に化かされたんでしょうか、どこを走っているかわからない、わかるのは目的地から確実に離れていることだけという状況に陥りました。

もちろん慌てたわけですが、しかし、そこはさすがおばあちゃん子ですね、狐に化かされた時は煙草を喫《す》えという死んだ祖母の教えをすかさず思い出し、でもやっぱり三文安いですね、自分が非喫煙者であることも同時に思い出し、じゃあアレだ何だっけ履物《はきもの》か、履物を左右逆に履くんだっけかと、まあここで実行するところが我ながらコイツいつか出世すんじゃねーかと思うんですけど、一旦車を止めて実際に靴を反対に履いてみたらば、なんとあまりの違和感に今動かしているのが右足か左足か自信がなくなり、しかもそれを意識すればするほど今踏んでるのがアクセルかブレーキかまで心もとなくなってくるという現象に見舞われ、危険なのでこれは即座にやめました。それでもさすがばあちゃんの知恵袋。効果は覿面《てきめん》、ほどなく知人から電話がかかってきて、「今どこ?」ってそれがわかんないから迷ってんですけど、目につく標識などを読みあげると、「どやってそんな遠くまで行ったのさ!」。どやってって、まあ狐に化かされて。「電話もしないで、何してたの」。いや、靴、反対に履いたり。「はあ?」

で、結局は知人の案内で無事に到着したのですが、彼女によると例の目印犬は死んじゃったそうで、これはやられたと思いました。昔、「青いスポーツカーが止まっている家」を目印に親戚宅を訪ねた時の手痛い経験から、「動くものは目印にしない」ことを人生で二番目に大切な人生訓として心に刻んでいた私ですが、なるほど「死ぬもの」も不向きだったとは。人間いくつになっても勉強ですね。

ちなみに我が人生訓の中でもっとも大切なのは、「早朝の井戸端《いどばた》に立つご婦人には要注意」というもので、これは前述の祖母がまだ若い頃、早朝の井戸端に立つご婦人に「お早いですね」と声をかけたところ、そのご婦人は実は立っていたのではなく井戸の屋根から首吊《つ》ってたのよ死んでたのよ腰ぬけたさ、という実話から導き出されており、私も当然ながら生涯井戸端のご婦人には近づかない所存です。ま、井戸ないですけど。

という具合に、内向きながらも新しい人生訓を得た連休、この他には食塩の袋がその中身を一部外に垂れこぼしている状態で道に落ちているのを見つけ、もし私が蟻だったら絶対砂糖と間違えるよなあと思ってしばらくしゃがみこんで観察してみた結果、本物の蟻は塩と砂糖を取り違えないことも発見しました。みなさまの今後の人生の一助になればと思います。じゃ。

その後

カーナビを導入したが、相変わらず道には迷っている。「このあたりは私の方が詳しいんだって。何十年住んでると思ってんだって。たとえばそこの角にあるヨシダクリニック（仮名）の先代、何でも『手遅れ』って言うので有名だったんだって。風邪ひいても『どうしてこんなになるまで放っといたんだ。手遅れだ』って言うから『手遅れヨシダ』って呼ばれてたんだって。それからそこのお菓子屋、次男坊がヤクザになって桜吹雪の刺青《いれずみ》いれたらしいけど、家業のせいで『ほんとは桜餅の刺青だったりして』って陰口叩かれてるんだって。ほんとだって。私はこのあたりのことは何でも知ってるんだって。あんたに指図されたくないんだって」と、カーナビのお姉さんにたてついているうちに車はいつのまにか目的地とは逆方面、というのが最もよくあるパターン。つまらないプライドで人生を無駄にしていると思う。

その後のその後

現在は完全にカーナビに白旗を揚げ、とにかくお姉さんに従うことを心掛けているが、お姉さん得意の幹線道路重視遠回り道案内のおかげで病院の受付時間に間に合わず、「一分過ぎたからダメ」と断られたりしている。どうしたらいいかわからない。

正解から遠ざかる

前項で、道に迷った話を書いていて改めて思い至ったのだが、人というのは迷えば迷うほど正解から遠ざかる生き物である。とりわけ二年ほど前の巨大立体駐車場。あの時の遠ざかり方は、今振り返っても圧巻だった。よく覚えている。冬で、猛烈に寒い日だった。私は広大な駐車場内を黙々と歩いていた。なぜ歩いていたのか。車を捜していたのだ。なぜ捜していたのか。どこに停めたか忘れてしまったからだ。

状況は絶望的だった。無意味と思えるほどに広く複雑なつくりの場内。歩いても歩いても光明は見えなかった。それどころか歩けば歩くほど間違った場所へ向かっている気がした。ホルモン焼きという食べ物がある。あれは噛《か》めば噛むほどのタイミングで飲みこんでいいかわからなくなって私は苦手なのだが、まさにそういう感じだ。どういう感じだ。それでも歩くしかなかった。陰気な壁、暗い床、吹き込む雪。変わらない景色が怖かった。階段を下りる。フロアを回る。そしてまた階段を下りる。何度繰り返しても目に映る光景は同じだった。陰気な壁、暗い床、そして吹き込む雪。悪い夢を見ているようだった。

どれくらい経った頃だろう、自分がもう死んでいるように思えて仕方がなくなった。戦時中、焼夷弾《しょういだん》か何かに焼かれて私は死んだのだ。けれども祝言《しゅうげん》を三日後に控えた身で、この世への未練断ちがたく、自分が死んだことにすら気づいていない。婚約者の名前は勝利《かつとし》。玉ねぎ農家の次男で、幼馴染だ。目尻に小さなほくろがあって、笑顔をやわらげるそのほくろが私は好きだった。おそらく私は勝利に会いに行く途中で絶命したのだろう。それで今もこうしてさまよい続けている。そう、私は捜しているのだ、勝利を。あの懐かしい目尻のほくろの持ち主を……って、遂には自分が何を捜しているのかすらわからなくなるのだった。

とにかく寒くて疲れていた。今は死んでいなくとも、遠からず死ぬと思った。死ぬのは困る。それで結局、なかったことにした。いや、だから私の人生に最初から車なんてなかったことにして、今日も別の交通手段で来たことにして、駐車場を徒歩で出て、タクシー拾って、家に戻ってやれやれとお茶飲んで昼寝したのである。いいのかそれで。よくないに決まってる。特に昼寝。しかしその時はいいと思ったのだ。私が、「これは解決法として何か致命的ミスがあるかも」と正気に戻ったのは、実に昼寝から目覚めて二十分後のことであり、「やはり車を取りに戻った方がよかろう。それに関しては父の車を借り、それで場内を順に回れば効率的。時々思うが、私は本当に天才なのではないか」とひらめいたのがさらに十分後、そしてその三十分後には駐車場の自分の車の前に父の車で颯爽《さっそう》と乗りつけたものの、一人で二台は運転できないという事実に直面して愕然《がくぜん》としていたのである。

まるで飛ぶように正解から遠ざかったあの日。迷いの闇は深い。

涙を流した夜

その日、私は泣いた。冷たくて惨《みじ》めで、台所の片隅でハラハラと涙を流した。そのことを思い返すと今も感情的になるので、あったことだけを淡々と記す。
夜中だった。私は一日をビールで締めくくるべく台所に向かい、そこで一本のガラス瓶を手に嵌《は》めることになった。シンクに放置されていたそれを善意で洗浄中、中に入り込んだ右手が抜けなくなったのだ。
一瞬の出来事だった。薄暗い台所で私の右手は、かつてラッキョウが収納されていた瓶の中に完全に閉じ込められてしまった。
私はガラスに覆われた己が手を眺め、しばし台所に立ち尽くした。そして、とりあえず酒を飲もうと思った。元来の目的が飲酒である者にとって、この場合の「とりあえず」は義務と同義である。私は左手で冷蔵庫を開け、左手でビールを取り出し、左手でグラスに注ぎ、左手でそれを飲んだ。右手は変わらず瓶の中だが、私は楽観的だった。幸いだったのは、我が家が金物屋であることだ。いざとなればガラス瓶の一つくらいどうにでもできるだろう。

明るい気持ちで、私は酒を飲み続けた。だがそのうちに、洗剤が付着したままの右掌《みぎてのひら》が気になり始めた。ぬるぬるとした感触が手に残っている。私は再び台所に立ち、水道水による掌の洗浄を試みる。ところがそれは思った以上の難事業であり、気がついた時には、パジャマの袖《そで》が肘《ひじ》まで盛大に濡れていた。これは私の持論なのだが、濡れた衣服ほど人を惨めにさせるものはない。当然私は着替えにとりかかろうとし、そして気づいた。

瓶が袖を通らない。

私は再び台所に立ち尽くした。それから一つ息をつき、とりあえず酒を飲んだ。とりあえずの持つ意味については前述した。濡れた袖は不快であったが、ほどなく一本目のビールを飲み終えたので、二本目にとりかかった。要領は一度目と同じだ。左手でビールを取り出し、左手でグラスに注ぎ、左手で飲む。ただし一度目と異なることが一点あり、それは慣れぬ左手がビールとグラスの両方を倒したことだ。よく冷えた、思いがけず大量のビールがパジャマの前面を濡らした。

私はうろたえた。液体の流出を防ぐべく咄嗟《とっさ》に右手を差し出し、結果として装着したガラス瓶でグラスを叩き割った。嫌な音が響き、次いで奇妙な静寂が訪れた。長い静寂だった。身体は冷えつつあった。ビールはまだ膝《ひざ》の上に流れ落ちていた。私はのろのろと立ち上がった。左手でグラスの欠片《かけら》を拾い、台所からありったけの布巾《ふきん》を持ち出して左手で拭いた。拭き終えると再びそれを台所まで運んで左手で洗った。惨めだった。冷たくて惨めで、そして気づいた。

布巾を絞れない。

その刹那《せつな》である。私はハラハラと涙をこぼした。涙をぬぐうはずの右手はガラス瓶に嵌まっていた。パジャマの裾《すそ》からはビールが滴《したた》っていた。それで私は泣いた。真夜中の台所だった。

その後

結局、父に助けを求めるも、父が私を仕事場へ連れて行き、パイプ切り用の電動ノコを指差しながら、「ひっひっひ。切るかい？　あれでガラス切るかい？　うっかりすると手首なんか簡単に飛んじゃうけど、父ちゃん慣れてるから大丈夫だよ。たぶんね。たぶんだけどね。ひっひっひ」と、嬉しそうに笑った時に再び泣いた。

あなたたちは悪くない

それはまだ若い男女だった。二十歳そこそこの二人が身じろぎもせず、まるで何かに耐えているかのように黒い軽自動車に乗っていた。運転席の青年は無言に見えた。助手席の娘さんはただうつむいていた。彼らは明らかに恥じていた。そして合流したがっていた。細い脇道から大通りに合流し、一刻も早く今の状況から抜け出したがっていた。それはじりじりと前進してくる軽自動車の様子からもわかった。しかし、平日の朝である。大通りは出勤の車で混雑し、彼らを割り込ませる余裕はほとんどなかった。私は車列の中に身を置きながらも、胸を痛めていた。あなたたちは悪くない。そう声に出して言いたかった。世の中には誰も悪くはない不幸と

いうものが存在するのだ。

昔話をしよう。彼ら二人がまだ生まれる前のことだ。その頃、ここは原野だった。あるいは原野に囲まれた農地だった。農地の中に農家が点在し、トラクターが砂利道を走っていた。やがて、大きな道路が通った。私の父は街なかの僅《わず》かな空き地を見つけては瞬時に不動産価値を計算し、「売ればいいのに。売ってマンション建てればウホウホだべさ」と他人の懐《ふところ》にまで口出しする生臭《なまぐさ》オヤジだが、その父が「ここはひらけるべな」と予言した。

予言は当たり、原野および農地は都市にのみ込まれていった。都市の拡大とは、即《すなわ》ち人間の欲望の拡大である。景色はみるみる変わっていった。建物が増え、道路は拡がり、人や車の往来が激しくなった。淘汰《とうた》も行われた。時代の渦に巻き込まれ、消えるものもあれば、残るものもあった。ただし残るものの中には、傍目《はため》にも「こ、これは引き際を見誤ったのでは……」と不安に感じる物件も存在した。それは迫りくる住宅街に取り込まれ、時とともにますます身動きがとれなくなっていくのがわかった。最初の一歩で出遅れた後、逃げることを放棄してゴジラに踏みつぶされるのをみすみす待つ人のようだった。そうなると、もう自らは動けない。かくして、ということである。かくして住宅地の真ん中に、逃げそびれた一軒のラブホテルが残るのである。平日の朝、出入り口が丸見えのそこから出た若いカップルが、通りに並ぶ車列を目の前にしてうろたえることになるのである。車列からの視線に耐え、青年は無言でハンドルを握り、娘さんはただうつむくのである。これを機に別れ話の気配もないこともないのである。
しかし、と彼らの戸惑いを感じながら、私はやはり思うのだ。あなたたちに罪はない。これは都市の膨張《ぼうちょう》が生んだ悲劇にすぎない。さあ胸を張れ。うつむくな。だけどせめて次回はもう少し遠出しろ、と。

その後

ホテルは今も何かの罠のように営業中。

その後のその後

なんとホテルは今も営業中。そういうプレイ用なのかもしれない。

二段腹になったら

しょっちゅう食べ物のことを考えている。以前は気を許すと安芸乃島《あきのしま》のことを考えたりしていたが、もうずいぶん前に引退してしまったので、最近は主に食べ物のことを考える。あと合間に佐藤浩市のことも少し。佐藤浩市って好きなんだけど、唯一お尻から脚にかけてのラインが微妙だよな、知り合いに「かわいいコックさんみたい」だと言われた時は首がもげるほど頷《うなず》いたよ、とか。
ちなみに昨日は『カレーうどん』と亀田製菓の『サラダうす焼き』に心を奪われた。スーパーのゲームコーナーで、小学生の男の子たちが「こんなの出るなんて奇跡だぜ！　チョー奇跡！」と興奮気味に叫んでいて（どこから何が出たのかは知ら

ない）、その時に、「いやいや、本当の奇跡というのは『カレーうどんの汁を一滴も飛ばさず食べきること』と『亀田製菓のサラダうす焼きせんべいを二枚で止めること』を言うのだよ」と思ったのがきっかけだ。

以降、その二つの食べ物が頭を支配。ずっと昔、蕎麦屋《そばや》でカレーうどん食べながらビール飲んでたら、「若い人の飲み方だねえ。なってないねえ」とべろべろに酔ったオヤジに絡まれたことまで思い出した。

あの時は皮肉のつもりで「おじさん真昼間からでろでろですもんね。カッコいいですよね」と言ったら、褒められたと思ったオヤジが天ぷらおごってくれたんだった。それで話がはずんで「オレはワンカップ二杯で指の震えが止まるんだけど、ねーさんはどれくらい？」と、冗談とも本気ともつかぬことも訊かれたんだった。

ところで、どうしてそんなに食べ物のことを考えるかというと、当然お腹がすくからで、お腹がすくのはたぶん手術の影響だろう。数カ月前に手術を受けてから、理屈はわからぬがなんかそういうことになった。術前に比べると、だから今は年中すきっ腹。まるで高校の野球部員みたい。と思っていたら、本物はそんなもんじゃないと友達の旦那さんに言われた。

「オレなんか日に七食くらい食ってたし」と、元・野球部員の彼は告白し、さらに、「でも公子さんみたいなぷにょぷにょのお腹ではなかった」とも言った。え？ど、どうして私のお腹をご存知でございましょうか、よ、よそさまの旦那様でございますのに、と突然の展開に狼狽《ろうばい》する私。だ、断じて、間違いなどは、ご、ございませんことよと、妻であるところの友達に言い訳までする始末。すると彼の口から告げられたのは、

「それはね、この前酔っ払ったあなたが自分の腹をつまみ、『今はまだこんなだけど、このまま順調に成長するとまもなく二段になる。二段になったら腹の間に画板を挟んでその上で食事をするという大技を披露《ひろう》するつもりですので、ぜひ見に来て下さい』と大真面目に言ったからですよ、覚えてませんか」

ぜ、全然覚えてませんでございますよ。指が震える日も近いのでしょうか、私。

その後

佐藤浩市の件ですが、最近は尻～脚のライン云々《うんぬん》より、茶髪はいかんと訴えたい。禿げてもいいから茶髪はよして。

げに足の爪は

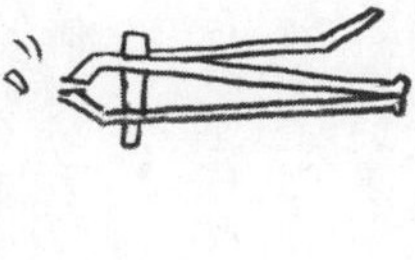

足の爪は一人で切るに限る。

何もない空間、そこにまず広々と新聞紙を敷くところから始めたい。道具類の進歩により、新聞紙不要論などもささやかれる昨今の爪切り界であるが、あくまでも古典的スタイルを貫くことを私は好む。立て膝の要領で左足を新聞紙に乗せ、屈《かが》み込むように指先を覗《のぞ》くのが基本姿勢だ。

通常、作業は親指から小指に向かって進む。出だしは何の問題もない。身だしなみを整える喜びに、むしろ私は上機嫌だ。鼻歌が飛び出すことすらある。学生時代、音痴の男友達が銭湯で鼻歌を歌っていたら、その筋とおぼしき人に、「オマエそれまさか歌じゃねーだろうな」と凄《すご》まれたらしいが、幸いなことに自宅でそのような心配はない。お気に入りの旋律と、小気味いい爪切り音。幸福、と言葉にしてもかまわない情景である。

がしかし、残念なことに楽しい時はそう長くは続かない。最初の異変が三本目、つまり左の中指に差し掛かったあたりで訪れる。胸にじわりとわきあがる、ある思い。

「飽きた」

それが時期的に早いか遅いかは意見が分かれるところであろうし、そもそも爪切りに飽きるという概念を持ち込むこと自体にも異論があろう。だが、現実問題として、私は飽きる。薬指に進む頃には、今まで何度同じことを繰り返してきたのかと虚《むな》しさに襲われ、小指に至った時点で、だからまた爪かよ生まれてから何回パチパチ切ったよこれ、とはっきり倦《う》み始める。

まあ私とてバカではないから、単調さこそ生きることの本質だと一度は気を取り直して右足に作業を移すのだが、それもつかの間、右の中指の爪を切り終えたところで、「やっぱダメ。続きはまた今度」と唐突に爪切りを断念せざるを得ない事態に陥ることが、五回に一回くらいはある。その五回に一回という回数が多いか少ないかはこれまた意見が分かれるところであろうが、いずれにせよその際は爪は八本しか切らない。残りの二本は次の機会に譲る。ただし、次の機会は遠からず（一時間後くらい）訪れるので、結果的には何の問題もない。

ないのだが、その事実を理解しない人間が一人いて、それが母親である。母は、この場面を目撃するやいなや「何やってんの」となぜかいきり立つ。いきり立ちながら「そんな中途半端で」と毎回驚く。「どうするつもりさ」と詰問《きつもん》する。どうもこうもいずれは切るのだが、「まったく誰に似たんだか」と嘆息《たんそく》までしてみせるので、「いやだわ奥さん、よく思い出して。若き日の火遊びはなかった？」とごまかすと、今度はそれがふざけてるといって説教を始める。その説教がやたらと長い。場合によっては学生時代に無断外泊したことまで持ち出してくる。何十年前の話だ。聞いているうちにつくづく面倒になり、ついには「わかったよ」と残りの二本をとぼとぼ切る羽目になるのだが、当然ながら最初の楽しい気分は消えている。あるのはじっと見つめる母の視線と、足の裏に伝わる新聞紙の感触だけ。そのどちらもとても冷たい。げに足の爪は一人で切るに限るのである。

その後

相変わらず飽きる。爪切りも飽きるし、風呂で身体を洗うのも飽きるし、食器洗いも飽きる。風呂では足の一本、食器はコップの一個を残したあたりで突然飽きて放置するので、おそらく「九割方終わった」という局面が私の心と身体に何か作用を及ぼすのだと思う。この前読んだ本に「どんな仕事でも、終わりが見えたところで安心する人は、決して大成できない」と書いてあって、首がもげるほど頷いたことである。特に「決して」というあたり。

謎が解けた瞬間

ずっと何でかなと思っていたのだ。恋愛相談の件である。世の中には、よりによってこの私に恋愛相談しようと考える人々が幾人かいて、それが不思議でたまらなかったのである。自慢ととられると心外だが、私は、四十代、独身、そんでもって趣味昼酒である。この間なんか、蕎麦屋で昼ビール飲みながら見てたニュース番組の放火犯に向かって、「他にすることないのか」と思わずつぶやいたら、となりの知らないおっさんが冷酒のコップ掲げながら、「オレらもな！」と言って私の肩たたいたからね。そんな女に何の相談。

しかし、私がいかに不思議に思おうと、実際に相談はやってくるのである。どういう具合にやってくるかというと、ものすごい長《なが》っ尻《ちり》でやってくる。先月は、仕事の合間に『徹子の部屋』を眺めながら、「あれかしら、黒柳徹子ほどになっても、ぴったり合う入れ歯を作るのは難しいのかしら」などと考えているところに電話が鳴って、いきなり涙声で言うには「ちょっと聞いてくれる?」。語尾が疑問形だからといって、これが質問ではないのは明らかで、その証拠に私が返事をするより先に、「彼が」「私が」「二人が」「離婚が」「子供が」といきなり話は進み、え? なになに? とうろたえているうちにも、「恋が」「愛が」「真実が」「罪が」「罰が」と盛り上がりを見せ、同時に泣いたり怒ったり自らを憐《あわ》れんだりと頑張り、かと思えば私に相槌《あいづち》を打てと強要し、打ったら打ったで「でもやっぱりキミコにはわかんないよね……」とすべてを引っくり返し、思わず絶句した私に向かって、「ねえ、神様っているのかしら」とポエマー宣言。その時点で時は既に夕刻である。

そこでようやく電話を切ったものの、仕事は滞《とどこお》り、家事は手つかず。それらを何とか片付けて、夜、疲れた身体を横たえつつ『朝まで生テレビ』を見ながら、「あれかしら、田原総一朗の、このしつこい『え?』という訊《き》き返しは、別に挑発なんかじゃなくて、耳が遠いだけのような気がするんだけど、それはやっぱり誰も指摘できないのかしら」などと考えているところに再び電話が鳴って、「ちょっと聞いてくれる?」。まさかと思う間もなく、「彼が」「私が」「二人が」「離婚が」以下略を経て、最後「私たちの出会いは生まれる前から決まっていた気がする」とポエマーから神様に昇格した時点で、時刻はなんと朝の七時。受話器を置いた時には、頭の中でみんみんと蟬《せみ》が鳴いていた。

というようなことが年に幾度かあり、これは何かとずっと思っていたのである。なぜ私に言うのだと。もしかすると私には人格者の資質があって、それが悩める人々を引きつけるのかと。だとしたら人格者の社会的責任として、今後も民草《たみくさ》の悩みに耳を傾けなければならないのかと。そう苦悩し、葛藤《かっとう》すること幾歳月。

しかし今回、思いがけない形で事態は解決を見た。この相談の翌々日、三たび彼女がかけてきた電話によって、「なぜ私に？」という積年の謎が一気に氷解《ひょうかい》したのである。そう、恐る恐る受話器をとった私に、彼女は開口一番こう言ったのだ。

「よかった、今日も暇？」。私は無言で膝をついたのである。

その後

今や恋愛相談はめっきり減り、話題は親の病気や介護や自分の身体の不調ばかり。思えばあれは、燃え尽きる前のロウソクの炎のようなものだったのかもしれない。

首都昼酒計画、実行す

以下の記録文を読んで、文末の問いに答えなさい。

某日。明日から東京へ行くというのに、どうして何一つ準備ができていないのかわからない。おまけに引きこもり生活を送っているので、世間のこともわからない。当然遠く離れた東京の気候などわかろうはずもない。というわけで、夜になって慌てて、今回の上京を手配してくれ、なおかつ本コラムの担当編集者でもあるMさんにメールで尋ねてみる。「東京は暑い？」――「昼は暑くて夜は寒いよ。当たり前だよ！」。何でいきなり叱られるかもわからない。

某日。午後、東京着。待ち合わせ場所でMさんを待つ。数分後、「お待たせしました〜」と手を振りながら現れたMさんが、往年のドリフのような見事なフォームで転倒、スカート姿で衆人環視の駅前に倒れ伏す瞬間を目のあたりにする。脱げた靴が片方、美しい曲線を描きながら、Mさん本体より先に私のもとに到着した光景が心に残る。夕方には、某出版社の編集者二人と会い、そこで彼らを前にMさんが流れるように歳をごまかす場面を目撃。あれは絶対ふだんからやってる。夜、そのまま四人で酒。後半は、泥酔した私ひとり延々爆睡。

某日。前夜の失態に「寝ちゃったよ……」としょんぼりする私を、「大丈夫ですよ！　私なんかキミコさんが寝てる間、その頭の上にピーナツやらひまわりの種やらを載せて、さらに灰皿を載せようとしたところで、『さすがにそれはいけません』って止められたんですよ！　初めて会った、しかも他社の編集者にですよ！　あははは！」と、Mさんが慰《なぐさ》めてくれる。

某日。午後、かねてからの「首都昼酒計画」を実行にうつす。トマトだめチーズだめ燻製《くんせい》だめ鰻《うなぎ》だめ香辛料だめ、とふざけたことをぬかす私のためにMさんが選び、さらには「ビール好きのキミコさんとワイン好きの私の両方が喜ぶはず！」と胸を張って向かった店には、実はビールを置いていないことが判明。「結果として私ひとりが喜ぶことになりました」と言いながら、幸せそうにワインを飲むMさんを眺める。夜、Mさんの会社の人を交え、五人で酒。途中で行方不明になったMさんは、物陰で眠っていたところを発見、深夜に回収される。

某日。朝、Mさんよりホテルにメール。「チェックアウトの頃にお迎えにあがります」。そのチェックアウトの直後にまたメール。「スミマセン！　二度寝しました！」。三十分、外で待つ。やがて現れたMさんと名残《なごり》の昼ビール。お互いの過去の体重などを打ち明け合う。ビール後、空港へ向かう私のためにMさんが駅で指《し》南《なん》。「ここからだとモノレールより京急が早いですね。品川で乗り換えです。京急ですよ、モノレールじゃなくて。あ、空港行きのがありました！」と言うが早いか、モノレールの切符を堂々購入してくれる。素直にモノレールで空港まで行き、夕方遅くに帰宅。

問い「この数日間のMさんを形容するにふさわしい言葉を漢字二文字で書きなさい」

答え「無敵」

その後

この原稿掲載後、Mさんは、「みんなに、あれはさすがに嘘が混じってるでしょ？　って言われてるんですけど、全部本当ですよねー。私、無敵ですよねー。あははは」と喜んでおり、さすが無敵の人は違うと思った。現在は一年間の闘病生活を経て見事な仕事復帰を果たしたり、かと思えば乗りなれているはずの最寄駅からの地下鉄を乗り間違えて帰省の飛行機に遅れたり、あるいは「私の前世はフランス人。日本人の身体にフランス人の心が宿っているのが私の不幸なんです」と大真面目に言い出したりして、相変わらず全方位的に無敵中。なんだよフランス人って。

その後のその後

相変わらずフランス人を名乗るMさんは、本書のイラスト担当Sさんを「私の故郷へ！」とパリ旅行に誘ったり、そのくせ寝坊して飛行機に乗り遅れたり、おかげでSさん、初めてのパリに独り放り出されて泣いたり、なんとか合流したかと思えばケータイをトイレに落としたり、それで渋々買いかえたスマホを「キミコさん、まだガラケーなの？」と唐突に自慢したりしてます。脂の乗った無敵。

予定外飲酒に着手す

また昼酒を飲んでしまった。

飲んでしまったというか、「飲むつもりのなかった昼酒を飲まざるを得ない物理的状況が不慮《ふりょ》の事故という形で生じたが、世の中はよんどころない事情というものがしばしば生起《せいき》するものであるから仕方ない」ということになってしまった。事実を述べただけであるのに、まるで何かの言い訳のように冗長になったのは心外であるが、もちろん言い訳などではない。

要は少しく買い物が過ぎたのだ。翌日の来客に備え、いつもより余分に買い物をし、し終えたところでおのれの晩酌用のビールがないことに気づいた。そのまま酒屋に向かったものの、愛飲のキリン一番搾り六本パックを買うには手元の荷物が重すぎた。私は重荷というものが物理的にも精神的にも嫌いな非力な人間である。結局、二本のみを購入することとし、他の食材とともに袋に詰め込んで帰宅した。が、かような努力にもかかわらず、玄関前でついに非力が極まり、袋ごと地面にばらまくはめになったのである。

それをもって私を責めるむきがあるならば、甘んじて受け入れよう。いずれにせよ中からは一本のビールが飛び出した。円筒形が災いし、それは存外のスピードで転がった。よほどの衝撃だったのだろう、拾い上げた時には満身創痍《そうい》、胴体に刻まれた小さな傷から中身がほとばしる事態が出来《しゅったい》していた。咄嗟《とっさ》に傷口を指で押さえる私。そして素早く考える。選択肢は三つある、と。このまま晩酌時まで穴を押さえ続けるか、見捨てるか、然《しか》るべき処置をとるか。

一つめの案が不可能だということはすぐにわかった。缶ビールの穴を塞《ふさ》ぎながら夜まで仕事や家事や入浴に勤《いそ》しむ芸当は私にはできない。ていうか、たぶん誰にもできない。では見捨てるのか、と私は続けて問うた。まだこんなに冷たくみずみずしく指を離せばほら、黄金色の液体が霧のように噴射するビールを、まるで死を待つが如くみすみす垂れ流すにまかせるのか。それが今までうれしい時も悲しい時もともにいてくれたビールへのお前の仕打ちなのか。いいや違う、と私は首を振る。私はそのような薄情な人間ではない。ならば、ということである。ならばとるべき道は一つしかないではないか。然るべき処置、すなわち飲酒。傷ついたビールを手にした者の、それこそが使命であろう。私がビールを救う。人命救助にも似た気持ちで、静かにプルトップに手をかけたのである。

かくして私は予定外飲酒に着手した。いかによんどころない事情であったかは、十分におわかりいただけたと思う。好きこのんで昼間っから酒ばかり飲んでいるわけではないのだ。ただし、念のために申し添えるならば、この後に「ついでだから」と言って二本目のビールを開け、さらには「せっかくだから」と近所の回転寿司へ赴き三杯目をアレしてナニしたことはまた別の事柄であり、あまりに長い話になるのでここには書けない。

果てしない迂遠

たとえば仕事で会った三十代の男性。彼は私にドライヤーの話をした。髪の毛をアレしてコレするドライヤーである。仕事の話が一段落した時に、ところでドライヤー持ってます？　とふいに彼は言ったのだ。私はその唐突さにやや面食らいながらも、「いいえ」と正直に答えた。答えてから一瞬で話が終わってしまったことに気づき、慌ててホットプレートの話をした。「ドライヤーは持ってないですけど、この間、電器屋で見かけたホットプレートは凄いことになってましたよ。波形とか穴あきとかタコ焼とかいろんな板が付いてました。あれ便利なんでしょうかねえ」と、私は言った。彼は、さあと首を傾《かし》げ、「でもドライヤーは便利ですよ」と言った。それからようやく本題に入った。

たとえば家を訪ねてきてくれた古い友達。彼女は私に犬の話をした。自宅で飼っている六歳の小型犬。長毛種なので手入れが大変なのだと、これまたやや唐突に彼女は言った。「夏は気をつけなきゃならないんだって。暑いし、汚れやすいし、皮膚病にもかかりやすくなるし」。獣医さんが教えてくれたという話を熱く語る彼女に、私は相槌を打った。「確かに」。それほど深い意味はなかったが、彼女は思いのほか大きくうなずいて、「仕方ないから、せっせとブラッシングして風呂入れてるさ。大変だけど病気になるよりいいしね」と笑った。それからようやく本題に入った。

たとえば何度か一緒にお酒を飲んだことのある年下の知人。彼は私に昭和が終わった日の話をした。今から二十年前の冬。「俺まだ小学生で、なんだか全然ぴんと来なかったんですよ。冬休み中だったのは覚えてるけど」。ビールジョッキを片手に、彼もまたやや唐突に言った。「キミコさんは覚えてます？」。そりゃ覚えてるよ大人だったし。私は自分でも驚くほどの記憶力でもってその日を語り、さらには相撲についての話もしてきかせた。「あの時は相撲の初場所開始が延びたんだよ。確か崩御《ほうぎよ》の翌日が日曜日でさ、そんで一日延びて月曜日から始まったの」。若者はしきりに感心してみせ、それからようやく本題に入った。

彼ら三人のことを考えるたび、私は世の中の繊細さと優しさに嘆息《たんそく》する。そして改めて気づく。砂の中から手探りで金を探し出すようなその細《こま》やかな世界を私は確かに愛し、しかし同時に、そこに潜む果てしない迂遠《うえん》を憎んでいるのだと。つまりはこういうことだ。

「今日も寝癖がすごいですよ」

「あんたんちの犬もたまには洗ってやったら?」

「キミコさん歳いくつ?」

なぜそう一言で言えんのかと。揃いも揃って、その遠回りに意味はあるのか。恐れるな。知りたいことは真っすぐに言え。そうしたら私も真っすぐに答える。「放っといてくれ」と。

世界は彼らが思っているよりずっとシンプルなのだ。

その後

ドライヤー買いました(母が)。

嘘と朝市と水戸黄門

とある昼下がり、ふと目についたビアガーデンに一人で入り、ビールとジンギスカンを飲食したと知人に告げたら、「あんたは怖いもの知らずか」と言われて、心外なのだった。もちろん私にも怖いものはあって、先日は友人夫婦宅で酒を飲んでいたところ、深夜二時を回ったあたりでにわかに夫婦間の雲行きが怪しくなったのだった。

どう怪しくなったかというと、当初、夫の新しい携帯電話について交わされていた夫婦の会話が、やがてそこに頻々《ひんぴん》と送られてくるメールの話となり、気がつけば本気の浮気疑惑追求なのだった。二人の声はどんどん低く、表情は実に険《けわ》しく、ふと気づけば夫無言で、妻は泣いてるのだった。困った私の「いや、あの、その件はまた後でゆっくり」という提案は、「後で後でって、いつもそればっかり！」と、もう誰が誰に怒っているかわからないセリフで却下されたのだった。仕方がないので、とりあえず午前四時に仲裁ラーメンをゆでたりしたものの効果はなく、結局、無言の夫と泣いてる妻の間でひとり麺をすすり、「あ、あの、のびる前に食べてね。もうのびてるけどね」と逃げるように外に出たら、既に朝なのだった。拾ったタクシーでは、運転手さんが「お客さん、早いねー」と働く人の正しさを振りまいていて、それがまた胸にささるのだった。思わず、「徹夜仕事で。これから着替えてまた会社」と、卑屈な嘘をつくのだった。「仕事でトラブルがあってさ」と嘘を重ねながら、トラブルって何？　友達が腹いせに旦那の酒全部飲んじゃって、怒った旦那が「おまえ弁償な！　オレの酒弁償な！」と仁王立ちで叫んだこと？　と昨夜の全思い出が情けないのだった。

それでさらに打ちのめされ、よれよれで家に着いたら布団が敷いてあるのだった。昨日の出がけに「帰ってきたらすぐに寝られるように」と自分が敷いたものではあるが、その配慮が今となっては哀しいのだった。ああ私は戻るつもりだったのだ、戻ってきてここで休息をとり、母親をスーパーの「朝市セール」に連れて行く約束だったのだと、ついでに本日の重要予定まで思い出すのだった。ということは、今の私には休息の時間などないに等しい、なぜならあと二時間ほどで約束の時間だから、とガックリ膝をついただけなのに、気づいたら五時間後なのだった。熟睡していたのだった。終わってるよ、朝市。

顔面蒼白で茶の間へ急ぐと、母は『水戸黄門』の再放送を無表情で見ているのだった。それがまた、とても生きた人とは思えないほどの無表情なのだった。そして私に気づくと、突如テレビ画面を指さし、「この女の人」と言うのだった。「この女の人、大酒飲みで嘘つきで親戚から絶縁されて孤独で、それで泣いてるんだけど」。能面をセメントで固めたような顔と声で、母は続けるのだった。「あんた、どう思う?」

いやあ、怖かったのだった。母の声も顔も、『水戸黄門』で娘を啓蒙《けいもう》しようとする底知れなさも、私をそこに導く人生そのものの得体《えたい》の知れなさも、何もかもが怖かったのだった。声もなく立ち尽くしたあの時の恐怖を理解するなら、誰ひとりとして「怖いもの知らず」などという暴言を私に吐けるはずがないと思うのだった。知人にはぜひ前言を撤回してもらいたい。

自分を見失う

人生初の体脂肪率四〇パーセントを記録した記念碑的なあの日から一年あまり、最近どうも自分を見失っている気がしてならない。何か変なのである。順を追って説明すると、まず痩《や》せたのである。体脂肪を減らそうとしたら、体重が五キロくらい落ちた。ついでに体脂肪も四パーセントくらい減った。もちろんそれでも体脂肪率的には立派な「肥満」なわけだが、ここで問題となるのは、体重自体は「標準以下」だということである。痩せた身体に充実の脂肪。言葉にすれば実に頼もしいが、しかしこれが非常に不本意な事態を招くこととなった。

なんか嘘つき呼ばわりされるのである。「その体型で体脂肪が四〇パーセントって、あんたまた嘘ついて」。いやいやホントホント。そりゃ私は元来嘘つきであるけれども、そういうところでは嘘をつかない。ではどこでつくかというと主に飲み屋のカウンター。見知らぬおっさん相手に「旦那の愛人に刺されかけた」とかいい加減な身の上話をするのだが、ただしそれも相手の質問に適当に答えているうちに結果的にそうなってしまうだけのことであり、本質は正直者であると思ってもらっていい。

にもかかわらず、この件ではすっかり嘘つき扱いなのである。肥満でなおかつ嘘つき。まるで二重の枷《かせ》に苦しむ美人女囚みたいで、マニアにはたまらん設定かもしれんが（違うか）、私としてはただ憤《いきどお》るばかりである。たまに擁護《ようご》してくれる人がいるかと思えば、「この人の脂肪は本物だって。なにしろ筋肉が全然ない。全体的に緩みっぱなしで垂れっぱなし。いやほんと、ひどいから」って、ひどいのはあんただろうという話だ。もう庇《かば》わなくていい。むしろ、あっち行って。

あまりに嘘だ嘘だ言われるのでムキになって、先日はとうとう公開体脂肪率計測会まで申し出てしまった。「そんなに言うなら、いつでも皆さんの前で体脂肪計に乗ってみせましょう」

それからである。体脂肪率が気になって仕方がない。いや、今までも気になっていたのだが、それとは逆の意味で頭から離れない。人前に出しても恥ずかしくない高値をキープせねばならないと、体脂肪が減るたびにうろたえ、四〇パーセントに近づくと安堵《あんど》する。嘘つき認定を恐れるあまり、目指すべき場所が完全にわからなくなってしまった。以前、「体調のいい時の俺は座高が一メートルをこえる」と豪語している友達がいて、こいつバカか短足自慢かと思ったものだが、今では私も同じだ。「四〇パーセント。よし、絶好調」

もちろん本日も計測をすませた。三六パーセントであった。これはもう一息頑張らねばならない数値で、さっきおやつのかっぱえびせんと炭酸飲料を補給した。食べながら一瞬、自分は何をやっているんだと不安にかられたが、何をやってるかというと、やはり自分を見失っているのである。はたして私はどこへ流れ着くのか。その場所を知っている人は教えてほしい。

その後

改めて読み返しながら「体脂肪云々《うんぬん》より『標準体重以下』って言いたかっただけじゃねえのか？　えっ？」と、詰め寄りたくなるくらいには、また太った。

グズの汚名をすすぎたい

どうしたらいいのですか神様、と私は暗い空を見上げて思った。さきほどまで眩《まぶ》しい夏の光を降り注いでいた空から、今は大粒の雨が落ちてきていた。肩で息をしながら、私はもう一度思った。どうしたらいいのですか神様。
それから吉田品子（推定氏名）七十一歳（推定年齢）のことを考えた。
吉田品子とは二度会った。その日の朝のことである。まだ空は晴れていた。洗濯と布団干しを早々に済ませ、私は買い物に出かけた。そこの店先で吉田品子は差していた日傘を閉じようとしていた。しかし一度ではうまくいかず、悪戦苦闘の末、たまたま横を通りかかった私の頭を傘の先で突くことになった。私の帽子が地面に落ちた。あ、と私は言った。え、と吉田品子は言った。言うと同時に私を睨《にら》みつけ、今度は凄《すさ》まじい剣幕で「ちょっとあんた危ないんでしょ」と怒鳴った。ちょっとあんた危ないんでしょ。さて、みなさんは街でいきなり見知らぬ人にそう怒鳴られたらどうしますか。私は反射的に謝ります。それで謝った。「ごめんなさい」

吉田品子は舌打ちをして、店に入った。私もその後に続いた。店では素麵《そうめん》と麦茶を買った。吉田品子が何を買ったかは知らない。知らないが、支払いの際に我々はレジ前で再び出会った。二度目の邂逅《かいこう》である。私の後ろに吉田品子は並んだ。そして私と店員のやりとり（「ポイントカードはお持ちでしょうか」「忘れました」「では、レシートを明日中にサービスカウンターにお持ちください」「はい」「××円のお返しです」「あ、やっぱりカードありました、間に合いますか」「ええ、間に合います」）を舌打ちしながら聞き、帰ろうとした私にこう言った。「ほんと、あんただらさっきからモタモタしてるもね」。もちろん私は反射的に謝った。「ごめんなさい」

家に帰ると一人だった。昼食に素麵を食べ、午後には昼寝をした。窓からは風と光と音とが入り込み、目を閉じるとそれら全部が遠くなった。あまりの心地よさに、きっと世界はこのまま終わるのだと思った。世界は終わり、私は眠りの淵を漂ったまま消えてゆくのだと覚悟した。が、やがて不意に風が冷たくなり、日差しが陰り、ついにはポツポツと雨が吹き込むのがわかった。その瞬間、私は干したままの布団の存在を思い出し、すると死にゆくはずの身が一転、これがあと二カ月早ければ北京五輪出場決定というような素早さで立ちあがり、廊下をかけぬけ、力ずくですべての布団を取り込んだ時の、とりわけその身のこなし。つまりは目を瞠《みは》るような瞬発力と抜群のスピードと腰の入った捻《ひね》りをですね、私をグズ呼ばわりした吉田品子に見せつけたいのですが、そのためにはどうしたらいいのですか神様。

その後

神様は答えてくださいませんでした。

ゆで卵に海苔

さて、唐突ではありますが、まずはゆで卵を一つ用意していただきます。卵の種類は問いません。白かろうが赤かろうが固ゆでだろうが半熟だろうが特価品だろうが、それがゆで卵でありさえすれば構いません。私の個人的な嗜好《しこう》といたしましては小さいよりは大きい方が、そして固ゆでよりは半熟の方が、さらにいうならゆで卵より温泉卵の方が好きなのですが、しかし今回に限っては温泉卵の出番はありません。なぜ愛する温泉卵を袖《そで》にするのか。人の世は愛のみで成り立っているわけではないからです。

用意したゆで卵は、丁寧に剝《む》いてください。数は一個。私は高校時代、よんどころない事情により、昼休み残り十五分という場面でゆで卵五個一気食いした経験を持つのですが、あの時は四個半にさしかかったあたりで、悪寒《おかん》が走ったものです。私の身体的ゆで卵限界点は四個半だったのでしょう。以来、どんなに体調のいい時もゆで卵は四個半までと厳しくおのれを律し、残りの半分は翌日の昼食サッポロ一番塩ラーメンに投入すると決めました。どう見ても食い過ぎですね。しかし今回は一個。その一個を慈《いつく》しみを込めて剥いてください。人の世は愛によっても成り立っているのです。

剥きあがりました後は、いよいよ本番です。まずは深呼吸、それから海苔《のり》と鋏《はさみ》、この二つをお手元にご用意ください。もちろん海苔の種類は問いません。鋏の種類も問いません。が、できればそれを操る方には不器用であってほしいところです。不器用な方には、その海苔と鋏でもって、ゆで卵に顔を作っていただかねばなりません。目と鼻と眉、そして口。おそらくは想像以上の難事業となるでしょう。なにしろ不器用ですから、左手から刃先、そして右手へと、めまぐるしく移動を繰り返す海苔の切れ端に翻弄《ほんろう》されるに違いありません。やっとの思いでそれらしい物をそれらしい場所に貼り付けた時には、身も心もへとへとです。なのに何か変。ああ、髪がない。

そこで再び鋏を手に神経戦に挑んでいただくわけですが、もう正直いって面倒くさい。投げやりな気持ちで海苔を切り、投げやりな気持ちでそれを貼り付け、前髪なんか眉のはるか上、見た目、坊ちゃん刈りなのやらオカッパなのやら刈り上げなのやら、どうにもこうにもわからないものが出来上がります。これは、どう愛をもって見ても髪の毛には見えません。では何に見えるかといいますと、不器用な人がゆで卵にべったり海苔を貼り付けたものに見えます。それ以外には断固見えません。不器用な人は、完成品を眺めて失笑するでしょう。もし美容室で本当にこんな髪形にされた人がいたら気の毒だなあ、とも思うでしょう。もしかすると口に出して、こうつぶやくかもしれません。「その人、鏡を見るたび死にたくなるだろうなあ」

そんなわけで詳しい理由は差し控えますが、私、今、死にたいっちゅう話ですよ。人の世に愛なんてないんだと思います。

その後

ゆで卵への愛は今も変わらず。さすがに「歳も歳だし、少し控えた方がいいのではないか」と弱気になることもあるが、そのたびにゆで卵を一日に六個は食べるという板東英二を思い出して、自らを奮《ふる》い立たせる。ただし固ゆでしか許さないという彼と、半熟をこよなく愛する私とでは、ゆで加減という点で一生理解し合えないとは思うが、だからといって別に寂しくはない。ちなみに髪形については、この前友達に「美容室変えたら?」と言われたという事実をもって、その後の報告としたい。

その後のその後

「そんなに好きなら、死ぬ前にゆで卵を食べたいですか?」と尋ねられたけど、別にそこまでではない。

ケンコちゃん、現る

とても暑い夏の夕方。久しぶりにケンコちゃんに会った。ケンコちゃんの本当の名前は知らない。いや、おそらく名前なんてないんじゃないかと思う。あるいは自分の存在にすら気づいていないんじゃないかとも思う。ケンコちゃんは、父の中に棲《す》んでいる。

事情が事情なので直接尋ねることはできないが、私が見る限り、ケンコちゃんは十四～十五歳の少女である。性質は極めて純情。そして恥ずかしがり屋。たとえば我が家の脱衣所で、入浴前の脱衣に励む父に気づかずに、うっかりそのドアを開けたとしよう。すると、そこにいるのは父ではない。ケンコちゃんだ。ケンコちゃんは文字どおり「きゃあ!」と叫ぶ。もちろん乙女の声色《こわいろ》だ。それから必死に前を隠しつつ、よろめくように浴室に逃げ込み、「うひゃあ! びびびびっくりしたべさ、とととと父ちゃん裸なのに。なななな開けるの、あんたエッチだねえ」と怒る。見た目はもちろん七十余歳の父だ。しかし、心はまったき十代の少女。私は素直に謝ってドアを閉める。

そのケンコちゃんと、西日差し込む灼熱《しゃくねつ》の台所で、久々の再会を果たしたのである。ふだん寒がりの母がノースリーブ姿で水仕事をしているのを見て、「珍しいんでしょ、お母さん珍しいんでしょ」と父がしつこく騒いだのが発端だった。そのあまりのやかましさに、つい「なに? 色っぽくてムラムラするの?」とからかったのがまずかったのか、たちまちウブなケンコちゃんが登場したのである。

ケンコちゃんは、あれはおそらく赤面だったのだろう、まずゴルフ焼けの顔を赤黒く変色させ、「なななな何にバカなこと言ってんの! うひゃあ!」と叫んだ。うひゃあ! はケンコちゃんの口癖である。それから、「恐ろしいねえ! キミコったらなんて恐ろしい! うひゃあ! ほんとおっそろしいねえ!」と、これまた口癖の「恐ろしい」を連発しつつ、台所を二周した。途中、おもむろに冷蔵庫を開け、数秒間中を凝視《ぎょうし》する。しかしその目は何も見てはいない。そのまま扉を閉め、唐突にパンと手を叩いて叫ぶ。「そ、そうだ、恐ろしいキミコなんかに構っていられないんだ」。言うが早いかドッグフードの缶を開け、誰に対してかは知らないが、「犬にごごごごはん。これ、ごはん」と真顔で説明しながら最後はどこかに姿を消した。束の間のお目もじだった。

ケンコちゃんとの初めての出会いは覚えていない。しかし母親の話によると、生まれたばかりの私を見て、「お母さん、神様がうちに天使を連れてきたよ」とつぶやいたというから、当時から父の中にいたのだろう。「薄気味悪かった」と現実的な母はいまだ暗い目をするが、夫だと思うから気味が悪いのであって、思春期の少女だと思えば腹も立つまい。

少女とはすなわち過剰に夢見がちであり、同時に過剰な恥じらいと過剰な自意識を振り回す生き物なのだ。

というようなことを考えていると、消えたはずの父が再び台所に戻ってきて、「それからあれだから。別にムラムラはしないから。ね、頼むよ」とだけ言い残して、再び消えた。何を頼まれたかわからないが、過剰に律儀で融通のきかないところもまた、まごうかたなき思春期少女なのだった。

その後

ケンコちゃんから言われた最も心に残る一言。「父ちゃんはあんたみたいなエッチな大人には絶対ならないからね！」

その後のその後

ケンコちゃんに、「うっひゃあ！　おっそろしい！　あんた、そんなエッチな恐ろしいこと言うのが自分の娘だったらどうする？」と、真正面から問いかけられました（何言ったかは忘れました）。

父の冷たい逆襲

　イヤだ。冷蔵庫がイヤだ。なかんずく冷蔵庫内の冷凍室がイヤだ。そこを開けると、大量のアズキアイスが常時詰め込まれているのが、とにかくイヤだ。アズキアイスのすべては父が買ってくる。父は、それを毎日一つずつ飽きることなく食べ続ける。休日などには朝晩二個食べる。いや、食べるのはいい。いいんだが、しかし常に冷凍室にひと月分ほどのアズキアイスをみっちり詰めておきたがる、その過剰さの目指しているところがわからなくてイヤだ。
　もちろん私は父に抗議する。
「他の物が入らないからさ、アズキアイス少し減らしてよ」

「わかったよ」

しかし、この「わかったよ」ほどあてにならないものがないのもイヤだ。そりゃ私も大人であるから、男というのが、娘を含むあらゆる女の話を本能的に聞き流す生物であることを経験上認めるにやぶさかでないとして、だが「わかったよ」と言ったその同じ日に再びアズキアイスを買ってくるとは、さすがに一体どういう了見なのか。もちろん私は抗議を重ねる。

「お父さん、何でまたアズキアイス買うのよ」

「うひひ。違うよ、これアズキアイスでないよ、アズキバーだよ」

いつのまにか実の父親が切れの悪い一休さんになっていることも、果てしなくイヤだ。

おかげで我が家の冷凍室がいつも窮屈《きゅうくつ》で、全体的に茶色い色合いを醸《かも》し出しているのが、なにしろ辛気《しんき》くさくてイヤだ。

「もし何かあったら困るから、少しは空けておいてよ」

「わかったよ」

いやあんた、賭けてもいいけど絶対わかってないだろう、という人相手に結局はお願いするしかない自分もイヤだ。おまけに「でも何かって何?　きっと大変なことなんだろうねえ。うひひひ」と人を嘲《あざけ》っておきながらの翌日、ゴルフの賞品として主催者もバカか今どき冷凍鮭を丸々一匹分貰《もら》ってきて言うには、「これ切り身になってるから、このまま冷凍したらいいんだって」って、ええ、ええ、そりゃいいでしょういいでしょうけどだから今がそのあなたの笑った「何か」なわけなんですよこういう時のことを心配して私は今まで何度も何度も何度も何度も申し上げてきたわけですけどやっぱり全然聞いていらっしゃらなかったのですねようしわかったわかったから大量のアズキアイスか鮭かどっちか今！　今、私の目の前で全部一気に食え！　と、怒鳴りたい衝動をじっとこらえて、静かに冷凍室を開け、「どこに入りますかね、お父さん」と低くつぶやいたところ、ふいに父の姿はかき消え、あ、逃げやがったかクソオヤジ、と改めて心煮えたぎらせているうちに、今度はどこから手に入れたのか相撲取りの死体の一つも入りそうな家庭用冷凍庫のカタログを手に戻り、「これ買うかい？　これ買ったら全部入るべさ？　買うかい？　でも大き過ぎて置けないよ」と言ったという、その斜め上の解決法の、とりわけ最後の一言がイヤだと思わない人がいるなら、その人が父と暮らすといいと思います。私はイヤだ。

その後

私の執拗《しつよう》な抗議が効いたのか、アズキアイス熱は小康状態。しかし今度は「あんころ餅」に凝《こ》り始め、市販の餡《あん》こパックを買ってきては、餅に絡めて夢中で食している。一体アズキの何がそんなに父を魅了するのか。知りたくないといえば嘘になるが、以前訊いた時には「いや、違うんだ、茶色いからさ」という意味不明の言葉しか返ってこなかったので、もう二度と尋ねるつもりはない。

その後のその後

医者に甘いものを食べ過ぎるなと言われたこともあり、アズキ熱はかなり下火に。そのかわり今は飴。とにかく飴なめてる。なんだろう、この人。

キミコの評判、続落中

だって浸《つ》けたくなるでしょう。新しい携帯電話を購入して、それが「防水」だったら、誰だって試しに水に浸けてみたくなるでしょう。説明書を見やれば「ずぶ濡れ上等」みたいなことが自信満々に書いてある。しかし裏を返せばそれは、「だがあんたにその勇気はあるのかな？　あえて電子機器を水に濡らす勇気が、昭和育ちのあんたにな？」という中尾彬《あきら》風味の挑戦状であることは間違いない。たかが電話の説明書に売られた喧嘩《けんか》、買わぬわけにはいかぬが、ただ私には今までに何度か携帯電話を水没でダメにしてしまった過去がある。とくに飲み屋のトイレに落とした時は、便器から拾い上げたそれを改めて石鹸《せっけん》で洗うという、手塩にかけて育てた

ペットの鶏をこの手でシメたうえに、近所の激マズ蕎麦屋《そばや》（この前つぶれた）に調理してもらうがごとき不条理に陥《おちい》って涙がでそうになった。そのトイレは同じフロアにある制服パブのお姉ちゃんたちが更衣室代わりに使っているという、ある種の名所なのだが、そのうちの一人が携帯電話を洗う私を見て、「きょ！」と死にかけの蝙蝠《こうもり》みたいな声をだしたのを覚えている。あれはつらかった。

それで、私は新調した防水携帯を使うたびに、過去の傷と挑戦状の狭間で葛藤してきたわけであるが、そんなある日のこと、久しぶりに会った男友達が私とまったく同じ機種の携帯電話を所持していたとしたならば、あなたはそれを何ととらえるか。天からの贈り物とはとらえないか。だってそうでしょう。普通そんな偶然ないでしょう。あら、これはもしや私のため？　って思うでしょう。それで浸けるでしょう。彼の携帯、水に浸けるでしょう。だって贈り物だもの。

だのに。

だのにですよ、彼ったら水没の瞬間、「おっおっ」とか「こっこっ」とか妙な声を出しちゃって、しかもさっきまで楽しく一緒に酒飲んで、例の制服パブのお姉ちゃんたちの素顔とメイク技術の高さを教えてあげたりしてたのに、なんか急に一人で帰っちゃって、電話かけても出ないし、それは一体どういうことなの。まさかと思うけど怒ってんの。もしや私が悪いの。贈り物なのに。と思って、念のためにさっき友達五人くらいに訊いたら全員「悪い」って言いました。あら。それで思い出したけど、うちの病気の老犬に、「もしおまえが死んでも、大好きなお父さんがきっとすぐに側に行くよ」って慰めたら父が悲しげに後ろに立っていたとか、あと煮干しのトゲが指先にざっくり刺さって大変痛いので仕事休みますと編集の人に嘘メールしたら全部バレてて、「小物の嘘」と罵《のの》られたとか、そういう瑣末《さまつ》なことの積み重ねで、最近私の評判が公私にわたって続落中という嘘は本当かしら。と、それもついでに訊いたら、これまた全員「本当」って言いました。何この逆風。世間は理屈の通らんヤツばっかりや。

その後

改めて読み返してみると、どう考えても私の理屈の方が通っていないので、「すみません、この話、文庫にする時外していいですか。また評判落ちたら困るし」って担当編集者のYさんに聞いたら「ダメ」って言われました。ちなみに肝心の防水機能は完璧でした。

激マズ蕎麦屋の真相

お詫びと訂正。前項におきまして、「近所の激マズ蕎麦屋《そばや》（この前つぶれた）」とありますのは、「激マズな近所の蕎麦屋（まだつぶれてなかった）」の誤りでしたので、お詫びして訂正いたします。先週、前を通ったら通常営業しておりました。大変びっくりいたしました。

しかし言い訳のようではありますが、その前に私が見た時には確かに看板まではずされておりまして、「ああ、とうとう閉店か」と。まあ駅は遠いし、人通りは少ないし、それもまたやむなしと一人納得する事態だったのですが、どうやらそれはとなりの店だったようです。となりは「ブティック」と銘打たれた洋品店で、これがまた「資本主義って何？」と根本から問い質《ただ》したくなるくらい客の姿など見たことがない。なのに長年商売を続けており、ということは本当は店などではなく、で

は何かというと非合法組織のアジトか何かで、そこを公安が見張っていて、公安の拠点が蕎麦屋だから蕎麦屋も安泰なのだろう、とこれまた一人納得していたわけですが、そこがこの度ついに姿を消したわけですね。さよなら、革命軍。

それにしても蕎麦屋には悪いことをしました。勝手につぶしちゃって。しかも激マズだなんて。私は、「人様の料理に文句つけるのは大統領になってからだ！」と、厳しい躾《しつけ》を受けた身なのですが、というか大統領でもどうかと思うのですが、それを忘れたなんと傲慢《ごうまん》な発言か。そこで心を入れ替え、改めて蕎麦屋について語ることで、反省の証としたいと思います。いやほんと、そんなに悪い店じゃないんですよ。

以下、お蕎麦屋さんの長所。

一、すいている。

二、少し離れた場所にもう一軒蕎麦屋があって、これがまた何をどう間違えたんだか、坪庭に水車、壁中に蘊蓄《うんちく》貼り紙、なのに出てくるのは箸でつまんだだけでブチブチ切れるようなあんた、私は昔酔っ払って夜中にカップ麺作ってそのまま寝ちゃって朝もったいないからそれ食べたことあるんだけど、その時の麺よりグズグズって、もう麺じゃないよこれ粒だよ、という蕎麦なのだが、その店に比べたらちゃんと麺。
三、一人で夕酒飲んでいると、客の中年カップルが突然痴話喧嘩に突入、「いつから奥さんのところに戻ってたのよ」「別居してたんじゃなかったの?」「騙してたの?」「私の四年を返して」など、今時昼ドラでもないようなセリフを耳にできるうえに、二人が帰った後、店主と「……四年って、気づかない方もアレだよねえ」と蕎麦屋裁判開廷で女も案外有罪となって、裁判員制度先取り。
四、さっき試しに蕎麦屋に行ってみたら、ワイドショーで「村井國夫また浮気疑惑」という、今世紀で一番無駄な知識を入手。
五、おまけに音無美紀子と夫婦で取材受けてて、「脇が甘いと女房に叱られましたアハハ」「ええ、ほんと、こんな誤解されるようなことしてねえオホホ」って。
六、久しぶりにいっそ清々《すがすが》しいほどの茶番を見て満足。

その後

お蕎麦屋さん、今も元気に営業中。それにしても、村井・音無夫妻にまで噛みついて、この頃の私は何か嫌なことでもあったのか。

そしてまた夏は行く

北の夏のわたくし。

某日。夏であるのに、いつまでも寒い。ところが、連日テレビでは「猛暑」「熱帯夜」「灼熱日本列島」などと別世界の様子が嫌がらせのように語られ、どうにも納得できない。ついには意地の外ビールを決行し、「灼熱日本列島というからにはここは日本じゃないのよヤツら『全国』っていう時絶対我々入れてないのよ通販の『全国送料無料』って北海道と離島を除くのよエロビデオだって五本で送料無料でも北海道と離島は除くのよだって若奥様の生下着のなんとかいうエロビデオ買った時に除かれたってツダ君が涙ながらに訴えてたのよ」と、妹相手に延々グチる。

某日。ようやくの夏らしい日、相撲巡業見物へ出かける。力士の引き締まった尻に感動し、つい尻姿ばかりを激写。その写真を見た友達から「前は？」と思わぬ質問を受けたので、「ままま前って！　イヤラシイ！　見えないから！　まわし巻いてるから、前なんて見えないから！　はみ出てないし！」と答えたところ、「その『前』じゃなくて顔！　顔のこと！　あんたがイヤラシイ！」と指摘される。

某日。北京五輪をテレビで見る。それで今回たまたまこういう話題が重なっていてアレですけど普段は違うんですけど、野球の台湾戦を見ながら、アナウンサーが「チン・キンポ選手」と慎重に発音するたびに、テレビ前の全日本人とともに固唾《かたず》をのむ。

某日。女子砲丸投げを見る。優勝した「ビリ選手」の名を耳にするたび、テレビ前の全日本人とともに改名を勧める。

某日。水球を見る。帽子。この二十一世紀の世に、昭和四十年代の芸能人が紙風船を載せてピコピコハンマーで殴り合ってた時のようなアゴ紐付き帽子に目が釘づけになる。同時に黙ってそれを装着する選手が不憫《ふびん》で不憫で、深夜イギリス人に向かって一人怒鳴る。「こらSPEEDO社ー！　万分の一！　レーザー・レーサー開発費の、その万分の一を水球帽子デザインになぜ回さーん！　ケチかー！」

某日、友人たちと泊まりがけでウニを食べに出かける。非常に楽しい時を過ごし、なんだか十歳くらい若返った気がするわ、やっぱりウニと笑いは人生のうるおいね、と家に帰り、友人が撮ってくれた写真を改めて見たら、私の後ろ姿が若返るどころか母親通り越して八十七で死んだ祖母そっくり。母親通り越して八十七で死んだ祖母そっくり。母親通り越して八十七（以下ショックで略）。

某日。夏の名残《なごり》のバーベキュー。寂しい気持ちを抱え、昼間っからビール飲んで飲んで飲んで、夕方寒くなったので室内に移動してまた飲んで飲んで、真夜中にようやく家に帰って、そのまま行き倒れて眠り、朝、ほとんど目が見えないま ま近くにあった服に着替え、「そうだ、犬の注射……」とインスリンを手に朦朧《もうろう》と外に出たら、隣家の妹が「お姉ちゃん、何で！」と叫んだので、初めてさっき自分が身支度のつもりで身につけたのが服ではなくてパジャマだったことに気づく。そのチェックの裾《すそ》に秋の風。

その後

それにしても「生下着」とはいかなる下着であるのか。何が生であり、それは生であることで、どのような付加価値がつけられるのか。我々が「生」について思い浮かべる新鮮さや瑞々《みずみず》しさは、下着においても有効なのか。また、それは若奥様にだけ有効な概念として存在するのか。たとえば「年配親父の生下着」であっても、生の価値は変わらないのか。一方、加工下着の若奥様界における地位はどうなっているのか。何より「若奥様の加工下着」という作品は、観念として成立し得るのか。何をいかに加工すれば、よりアレがソレとなって青少年を興奮へと導くのか。そしてそもそも北海道と離島の青少年は、「送料有料」という壁に阻《はば》まれた若奥様界への遠い距離を、どう埋めればいいのか。逆境をばねに一層大きく若奥様界へ飛び出せばいいのか。飛び出した先に未来はあるのか。夏はいつも私に大きな宿題を残し、そして大人への階段を一歩のぼらせる。

その後のその後

心の声が聞こえたわけではないだろうが、ビリ選手は現在離婚して姓が変わったらしい。ああ、時は流れる。

ポメラニアンと薔薇

世の母親が「かわいかったから」と言って、おもに近所のスーパーの衣料品売り場で購入してくる衣服は、なぜいわく言い難い奇妙な光沢を放っているのかという問題は、我が国の一般家庭、とりわけ年配者の母親を有するほとんどの家に存在するといっても過言ではない。

もちろん私の母も例外ではなく、しばしばそのような服を購入しては、喜々として家族に披露するものであるが、それにしてもあれは何の素材でできているのか、妙にテロテロと輝いており、とりわけ金銀と赤と、あと黒、黒というのは一見、地味に思えるけれども、その実みっちりとした不可思議な密度を持つ色であって、それらが混然一体となって生み出すうねりにも似た光沢が、既に衣類という概念を超越した濃度を醸《かも》し出している。そこへもってきて、独自の前衛的デザインの破壊力。往々にして動物の顔面が描かれたそれは、しかし無邪気に「あ、豹《ひょう》だ、豹が牙をむいている」と断ずることを許さない微妙なポメラニアン、という事態も珍しくはなく、や、なるほど犬でしたか……と慌てて背景に視線を移せば、一面に広がる毒花の群れ。遠い南の国にはネズミさえも食する巨大花があるというが、まさにこれがそれではないか。思わず物珍しさに観察を進めると、やがてじわりと拭《ぬぐ》いがたく胸に湧きあがる一つの思い。「もしや奥さん、これは薔薇《ばら》?」

かように見る者を幻惑させるに足る実力を持つ衣服が、「かわいい」という形容詞を冠せられて世の中、なかんずく我が家に存在することの奥深さについては思うところは多いが、しかし誤解しないでいただきたいのは、私はこれをもって母の趣味を否定するなどといった卑《いや》しい心は決して持っていないのである。その証拠に「鍋物」柄のセーター、巨大な土鍋の周りで笑顔の大根やらネギやらが踊り狂っているという非常に殺傷能力の高いオレンジ色のそれを、「かわいいしょ」と言いつつ、母が娘である私に買ってきた時、私、二十歳。でも着たからね。二十歳の大学生で、だけど着たからね。ふつう着ないよ、鍋物。

それだけでも、私の誠意は十分伝わると信ずるものであるが、つまるところ何をグズグズ言っておるかというと、この独自の審美眼《しんびがん》を持つ母に、「キミコったら、よく見たらかわいい顔してるんでしょ」とふいに言われた私は、あの時一体どんな態度をとればよかったのかということである。喜ぶべきだったのか、悲しむべきだったのか、あるいは怒るべきだったのか。まあ実際には怒ったのだが、それははたして本当に正解だったのか。いずれにせよ、怒られて困惑する母はやはりあの「かわいい」ポメラニアンと薔薇の服を着用し、豹似の犬は食虫花に食われそうだったのである。

真ん中の人たち

図《はか》らずもその日は、岐阜《ぎふ》とかそのあたりについて、人生で一番思いをよせた日となった。たまたまテレビで大分国体の開会式を見たのである。入場行進が始まろうとしていた。アナウンサーが言う。「今年は南からの入場です」

他都府県のみなさまはどうかわからないが、我々北海道民は、このセリフを耳にした瞬間、気を抜くことになっている。なんだどんじりかとつぶやき、津軽海峡が見えてきたら教えて、と台所にジンギスカンの準備をしに行くくらい抜く。これはおそらく沖縄県民も同じで、賭けてもいいが、彼らも「北からの入場」の時は、ほら、あの途中のなんか混雑してるあたりを越して九州に入ったら電話して、と言い残して泡盛買いに行っているはずだ。

しかし、どういう気持ちの変化か知らないが、今回の私は違った。画面を眺めながら、ふと真ん中の人たちを思ったのである。

真ん中がある。

初めてそう気づいたといってもいい。たとえば地面に立てた棒を前後にバタバタと倒した時の、その棒の先のような塩梅《あんばい》で、今年は頭、来年は尻、と振幅の大きい入場行進生活を送っている我々に対し、当たり前だが真ん中の人たちは常に真ん中だ。北からだろうが南からだろうが変わらず真ん中。ずっと棒の下のとこ。具体的には岐阜とかそのあたりではないかと踏んだわけだが、そのような不動の人たちの存在に、ふいに思い至ったのである。

私は考える。我々が存分に気を抜いている間、岐阜とかそのあたりの人たちは一体どんな入場行進生活を送っていたのかと。よかれと思って導入されたであろう南北交互方式が全然よくなかった者として、否、いい悪い以前に何一つ影響を受けなかった者として、年ごとに入れ替わる周囲の人々を、いかなる気持ちで見つめていたのかと。いってみれば、彼らは入場行進界において唯一無風地帯に立つ者たちだ。その胸によぎるのは、寂しさなのか疎外感《そがいかん》か、あるいは大地を踏みしめて一人動じない気高さなのか。

そう、我々端の民は、今まであまりに真ん中の人々について無知であった。彼らの存在を慮《おもんぱか》ることなく、尻だといっては気を抜き、頭だといっては青森に入った時点でさっさとチャンネル替えたりしていた。なんという恥知らずな行為であったことか。後悔を胸にテレビに目をやると、ちょうど岐阜とかそのあたりの入場だ。心痛めながら眺めると、しかし驚くべきことに彼らは笑っていた。ニコニコと小旗を振っていた。一抹《いちまつ》の寂しさも疎外感も、そこにはなかった。私は驚愕《きょうがく》し、と同時にそうかと思う。岐阜とかそのあたりは、もしかすると母親のような存在なのかもしれない。「母さんはね、この町で生まれて、この町でお嫁にいって、この町で死んでいくの」。そう言いながら、土地に根を張り、そして落ち着きのない他都道府県をそっと見守るお母さん。

動かざること岐阜とかそのあたりのごとし。

今後はこの言葉を胸に入場行進生活を送りたい。我々は、岐阜とかそのあたりに見守られてこその、頭であり、尻であるのだ。沖縄にもぜひ心していただきたい。

その後

ロンドン五輪では二百五選手団のうち、日本は九十五番目に入場。真ん中の人たちの気持ちがなんとなくわかったのだった。

時の呪縛に絶望する

部屋の掛け時計が電池切れにより、六時十九分でその動きを止めてから、すでに五週間余りになる。五週間。長過ぎではないか。一体その間、電池交換もせずに私は何をやっていたのか。

絶望していたのである。長年の癖で一日に何度も動かぬ時計を見上げてしまう自分に絶望し、そのたびに新鮮に驚く自分にも絶望し、それで静かにうなだれるのである。うなだれた先には、日めくりカレンダーがあって、まだ八月二日だ。実際は十月で寒いからストーブつけてるが、八月二日。横には月めくりカレンダーで、これも八月。なるほど私は八カ月で一年に飽きる人間なのかと、意外な発見にますます絶望し、しかも肝心の時間はいまだわからないのである。

頼りは携帯電話である。この絶望の渦に決着をつけるには、携帯での時間確認しかない。しかし気がつけば今度はそれがないのである。どこを捜してもない。問題は広がった。時間は時間で知りたいが、携帯は携帯でないと困る。家の電話から携帯を鳴らし、音を頼りに所在を突き止める手もあるが、いかんせん私は自分の携帯番号を知らない。ついでにいえば、自宅の郵便番号と市外局番も自信がない。似ているからだ。003と011で、これがどう見てもそっくりである。この問題を考えるたび、円周率が3・14で本当によかったと思う。もし0・33とかだったら、混乱に拍車がかかり、私は一生円の面積を求められないところであった。何の話だ。携帯番号だ。母に尋ねようにも、あいにく外出中だ。では、隣家の妹を頼るか。とはいえ、妹宅の電話番号も覚えていないから、直接訪ねて行くしか道はない。「ピンポーン。お姉ちゃんだけど、私の電話番号何番?」。そんな絶望的なセリフをわざわざ言いに行けというのか。

行ったのである。おかげで携帯電話は押し入れから発見された。朝、布団と一緒に畳んだのだ。よかった。いや、よくない。そんなだらしのない布団の畳み方がここにある。これが携帯ではなく猫だったら、猫も一緒に畳むのか。猫は自主的にニヤーニャー鳴くから見つけやすいね、と、だからそういう問題ではないのだ。しかも、念願かなって確認した時刻は、十二時七分。ここまで手間隙《ひま》をかけておきながら、その何の変哲もない時間は何か。せめて六時十九分だとか、それくらいの芸当はできないものかとつくづく絶望し、だが昼であることはわかったのでとりあえずサッポロ一番塩ラーメンを食べたのである。

時折、時計を持たない生活を「自由」と評する人がいる。時の呪縛からの解放だというのだ。しかし、現実は絶望である。古電池の液漏れ不安をもはらんだ、果てしない絶望だけがそこにはある。さっき、冬用布団を取りに、ほとんど使われていない和室へ行った。誰一人見る者などいないのに、和室の掛け時計はきちんと時を刻んでいた。不条理という名の絶望。それを新たに背負い、私は今日も時計のない世界を生きるのである。

その後

今現在、私の部屋の時計は動き、和室の時計は止まっている。誰も困っていない。

人類の進歩に疑念を抱く

それにしてもまだ傘なのである。

何のことかというと、雨の日に買物に出たのである。購入したのは、十キロの米と一・八リットル入りの醤油《しょうゆ》と缶ビールを六本。無謀なラインナップと見るむきもあろう。しかし、米はかねてから母に頼まれていたのを昼酒飲んで先延ばしにしているうちに切羽《せっぱ》詰《つ》まったのであり、醤油は特売品が鋭く目についたのであり、ビールは私の血肉であるから買わないという選択肢は逆にないのである。だからそれはいいのだが、問題は店を出る際に雨が激しくなっていたことである。土砂降りである。

どうしたらいいのか。右手に米、左手に醬油とビール、車ははるか駐車場の隅、傘もあることはあるが両手が塞《ふさ》がっている。どうしたらいいのか。いや、どうもこうもずぶぬれになって車まで歩くしかないのである。もちろん歩いた。髪の先から雨の滴《しずく》を垂らしながら、歩いた。そして思ったのである。それにしてもまだ傘なのか、と。

考えてもみてほしい。時は二十一世紀である。二十一世紀といえば、これはもう「未来」であろう。アトムがいて、人々は宇宙旅行に出かけ、家事全般ロボット任せの科学の世界である。子供の頃読んだ雑誌にそう書いてあったから間違いはない。なのに実際は、まだ傘なのである。雨具の主力が、まだ傘。これは一体どういうことかという話だ。雨なんか放っときゃ月になんべんも降るだろう。その雑誌が出版された昭和の時代から今までにだって、何回降ったかわからない。そのたびに皆片手を塞がれ、不自由を感じて、でもまだ傘なのである。なんとかしようと思わなかったのか。人類の進歩というものはそれほど遅々《ちち》としたものか。耐風傘というものがある。強風に強い構造だそうで、その工夫や技術は素晴らしいが、しかしまだそっち方面へ行くかと驚くのである。あくまで傘なのか。

傘なのだ。現に私は両腕が塞がっただけで、靴の中まで水浸しになりながら、とぼとぼと駐車場を歩かねばならなかったのである。どうやら雨具に関しては、我々の進化は行き詰まったらしい。これが二十一世紀か。途中、重さに耐えかねて、水たまりにビールを落とした。それを拾う背中を、秋の雨は無情に打つ。冷たさと情けなさに震えながら、もし新しい雨具の方向性があるとすれば、と私は思う。さっき、鞄と傘と携帯電話を同時に持ち、不自然な格好でメールを打ちながら、「なんか腕って足りなくね？　五本くらいあればちょうどよくね？」と、友達に訴えていた女子高生の言葉あたりが突破口だろうが、しかし結局それもまた次代の話である。今の私は無力だ。ボロボロになって家に帰ったら、その姿を見た母親が「何で五キロの米にしないの！」と叫んだが、私にできるのは確かにそれくらいのことである。二十一世紀に大事なのは「米は五キロのを買う」。胸に刻んだのである。

その後

カートで運べばよかったのかもしれません。

動物園に行こう

【旭山動物園】北海道旭川市にある日本最北端の動物園。サイがいる。

【サイ】奇蹄目《きていもく》サイ科。トドと並び、地味で辛気くさくて大きくて家にいると困る、という私のツボを完璧《かんぺき》におさえた動物。年に一〜二度、猛烈に会いたくなる。

【バスガイド】霊長目ヒト科女推定年齢六十歳。旭山動物園日帰りバスツアーに乗務。権勢を誇る。乗車後数分で、本州からの観光客に対し、「え？　今夜の飛行機で帰る？　もし高速道路が事故で封鎖されたらどうします！　間に合いませんよ！」と問い詰めることで、一瞬にして車内をとても観光とは思えない静寂に導くのが得意。

【友人】　静寂の車中、ガイド女史の「リンゴは上と下、どちらが上でしょう」というシュールな質問に驚愕していた私に、「あのさ、ずっと考えてたんだけど、キミちゃんの体脂肪率四〇％って、やっぱり異常だよ」と、突然真顔で指摘してくれる存在。霊長目ヒト科体脂肪率三三％。自分だって三割脂《あぶら》。
【サイ再び】　動物園に到着後、一目散に会いに行くも尻を向けて延々昼寝中。どれだけ呼んでも見向きもしない。片思いという言葉を四半世紀《しはんせいき》ぶりくらいに思い出させる憎いヤツ。
【お婆さん】　同じベンチに座っただけで、にこやかに話しかけてくる人種。病院や銀行にも多く出没する。ただし道外観光客の多い当園においては近郊からの来訪者に冷たい性質をもち、「どちらから？」「札幌です」「なんだ……」という会話がかわされた。
【サイ以外】　サイではないのでどうでもいい。唯一ヤギ（ウシ科ヤギ属）については、「紙を与えないで」の貼り紙により、未《いま》だヤギに紙を与えたがる人間がいるという『やぎさんゆうびん』の呪縛の深さと、これほど手厚く飼育されながら、与えられた紙をつい食べてしまうヤギの悲しい性《さが》に胸打たれる。
【お婆さん2】　先ほどとは別人であるが、今度こそはという思いを込めて身分を偽り、敢《あ》えて対峙《たいじ》。「どちらから?」「沖縄です!」「あら、沖縄の気温は今何度くらい?」「さ、さあ……」。返り討ちにあう。

【サイ三たび】　愛が通じたのか、帰り際にエサを食べる姿をようやく披露《ひろう》してくれる。ますます家にいては困る、と思わせる食事風景。よだれとか。

【集合時間】　ガイド女史が命がけで守ることを迫る制度。これを破る者は人間のクズと言わんばかりの鬼気《きき》迫る口ぶりでありながら、「遅れるなよ!」「場所間違えるなよ!」「ギリギリにトイレ行くなよ!」「忘れ物するなよ!」と意図せぬカトちゃん化も招く。一種の悲劇。

【土産】　帰路、本人の意志にかかわらず、サービスエリアに放り込まれ物色させられる物。日本人の何でも餡こを包む性癖は、西洋人の何でもジャムにする性癖とともに矯正《きようせい》されるべきではないかとの見解を抱くことが多い。

【狐】　イヌ科キツネ属。時に人を化かし、帰り道をわからなくさせる性質を持つ。バスツアー解散後に化かされた場合は、いつまでたっても家には着かず、酒場から酒場へグルグル回る自分に驚くことになる。最後、わたしゃ飲み屋で熟睡。

その後

平成二十一年十一月、旭山動物園のサイ死亡。サイというのは「この巨体が家で死んだらどうしよう」と不安をかきたてるという意味においても私好みの最高の動物であるが、結局は我が家ではなく動物園で死んだ。当たり前とはいえ、その点に関してはホッとしたことである。

その後のその後

サイがいなくなってしまったので、旭山動物園には、もう行っていない。

どこかが間違っている

どこかが決定的に間違っているのはわかっている。しかしそれでも立ち向かわねばならぬ時が人にはあって、早い話が耳鳴りが酷《ひど》かったのである。夢の中から始まったそれが起床後も治まらず、その不快感は前日、「(アンパンマンに登場する)ドキンちゃんの好きな掃除用具はなあに?」「どうきん(雑巾)」という自分の駄洒落に笑い過ぎて泣きながら目覚めたのとは対照的な朝なのだった。

仕方なく近所の耳鼻科へ行く。すると「防音室」での聴力検査を命じられ、私はたちまち身構えることになる。防音室。昔馴染みの病院なのでよく知っているのだが、いかにも「防音」を印象づけるような物々しくも分厚い扉に仕切られたそこは、しかし一方で壁が絶望的に薄いという構造上の欠陥を抱えており、実際のところ外部の音がだだ漏れで入り込んでくるのである。二畳ほどの狭い部屋である。床は毛足の長い絨毯《じゅうたん》。その中で検査係の若いお姉さんと向かい合う。若い！　お姉さんと！　二人で！　個室！　恋？　恋のチャンス？　などと倒錯《とうさく》する間もなく、ヘッドフォンを装着させられる私。そしてお姉さんが言う。「ポーポーという音が聴こえたらボタンを押してくださいね」

だからそれが聴こえないのである。いや、全然聴こえないわけではないのだが、なんせ外が騒がしい。パタパタ響く足音。「こんにちはー」の声。そして外を走る車のエンジン音。そんななか渾身《こんしん》の集中力でもって、「ポ？　今、ポっていった？　それとも空耳？」と耳を傾けた瞬間、今度は診察室で鼻にあり得ない長さの金属棒を突っ込まれたりしているであろう子供の泣き声が響く。

「ぎゃー！」

人として当然気持ちはそちらへ向くだろう。同情もする。そうなのよ、あれ大人でも泣けるのよ、私も金属棒の後、うるんだ瞳で先生を見つめていたらティッシュを渡され、あら親切ねと涙を拭くと、「違う、鼻水が」と言われてさらに泣けたことがあるのよ、などと思っているうちに「ポーポー」は象の鳴き声並みの音量となっており、慌ててボタンを押しても私は既にものすごく耳の遠い人だ。

そういうことが二度三度と続く。私は徐々に追い詰められ、やがて大勝負に出ざるを得なくなる。具体的には、騒音のたびに鋭くお姉さんを見つめ、機械操作を確認した後、頃合いを見計らってボタンを押す。つまり正しく聴こえた時の「ポーポー」の間合いを勘で再現するわけである。無意味だ。しかも不正だ。が、そこまで追い詰められていると理解してほしい。そしてこれが案外うまくいく。たまに、「やり直しますね……」と暗く言われるが、無垢《むく》な瞳で頷けばいいので問題ない。大胆かつ無垢。これが世の中を乗り切るコツだ。

かくして、今回も無事「聴力異常なし」を手に入れた。本来の目的を思えば、どこかが決定的に間違っているのはわかっている。しかしそれでも立ち向かわねばならぬ時が人にはあるのだ。そして私は立派にやりとげたのである。

結局、耳鳴りは耳と鼻を繋《つな》ぐ管の詰まりが原因ということで、あり得ない長さの金属棒で鼻から空気を通されて完治した。渡されたティッシュで鼻水を拭いて、私は静かな世界へ帰って来たのである。

その後

平成二十一年十二月、喉《のど》に魚の骨が刺さったという理由で再び耳鼻科を受診。防音室がいかに音にまみれていようとも耳鼻科は大事ということと、魚の骨は家で数時間様子を見ている時には絶対取れないが、病院へ向かう十数分の間にきれいに取れる、ということを学んだ。それにしても痛いのは喉だというのに、またしてもなぜあり得ない長さの金属棒を鼻へ挿入するのか。耳も喉も結局は鼻か。そんなに鼻が好きなら、いっそ鼻科に改名したらどうか。

裏切り石の恐怖

どこへ行ってしまったのか。

あれは確か秋の日のこと、郵便業務に従事する友人から「年賀ハガキ予約」のお誘いがあったのだった。年末嫌いの私としては、今からそんなこと考えたくもないが、しかし友人の頼みとあれば話は別なのだった。今のうちに恩を売っておき、いずれ生活困窮の折には機《はた》を織りに来てもらわねばならぬのだった。

それでハガキ購入を申し出たところ、私の下心を知ってか知らずか、わざわざ家まで届けてくれるというのである。さすがにそれは心苦しく、こちらから出向く旨を伝えると、「では受け渡しがてら、お酒でも飲みましょう」と言うのだった。あ

ら素敵。が、喜びもつかの間、約束の前日になって、どうも私の仕事の塩梅《あんばい》が酒など飲んでいる場合ではないことが判明したのである。泣く泣く断りメールをいれる私。すると「わかた　でもあきらめない」という返事が届いたのだった。

なぜカタコトなのか、あきらめないとはどういうことか、と訝《いぶか》しむ私のもとに、当日、まるで何事もなかったかのように飲酒予定の居酒屋名が通知されてきたのだった。え、いや、だからまだ仕事が……とうろたえる間もなく、続いて集合時間も届いたのだった。やや遅れて待ち合わせ場所も指定されたのだった。どうして全部一度に知らせないのかという問題は別にして、行ける行けないも別にして、不思議なのはその待ち合わせ場所である。わからないのだ。見たことも聞いたこともない場所で、それがどこだか見当もつかない。わからないことは訊《き》きたくなるのが人情。つい、え？　どこ？　と問うと、詳しい説明があったのだが、それでもやっぱりわからないのである。何か既成事実が積み重なっていく予感を感じつつも純粋な疑問として、再度「どこ？」と尋ねると、なんと今度は待ち合わせ場所を変更してくれたのだった。私のために。

慌てたのだった。ここまで事態が進行しているからには、すべてを投げ捨ててでも駆けつけねばならぬのである。もし私が行かなければ彼女は一人、わざわざ変更した待ち合わせ場所に立ち続け、長い年月を経てやがては石になるのだった。後世の人々はそれを「裏切り石」と名づけるに違いない。友達に裏切られた乙女の魂が石になった。そう語り継ぎ、撫でさすり、願《がん》をかけ、奇妙な帽子を被せ、そして友人がついに口にできなかった酒を供えるのだ。もちろん石には裏切り者の名も刻まれている。キミコ。二十二世紀の日本では「キミコ」が裏切りの代名詞なのである。イヤである。しかし今すぐ駆けつけようにも仕事は残っている。一体どうすればいいのか。と、激しく慌てた時にさらにメールが届いたのだった。

「Hちゃん Mちゃんさそったしのんでます。これたらきてね」

安堵《あんど》したのだった。カタコトが気にならないくらい安堵したのだった。友人は私が行けずとも困らぬよう、手はずをちゃんと整えていたのである。よかった。彼女が石にならずに済むことに私は心底ホッとし、同時に心の片隅でそっと思うのだった。ところで年賀ハガキの件は、どこへ行ってしまったのか。

五円玉ランナー

先日は久しぶりにあがった。地下鉄駅の改札口付近で、前を行く人が落とした五円玉を拾ったのである。チャリンという音と同時に転がってくる五円玉。小銭が落ちる音というのは、本能的に人の耳目《じもく》を集めるようにできている。つまり、音につられた人々が見つめるなか、私はその五円玉を拾うこととなったのである。

あれはあがる。なんかみんな見てる、と思うだけでべらぼうにあがる。しかもあがりつつ五円玉を拾い上げた時、往々にして落とし主が姿を消してるのはどういうわけか。「うええ？　え？」。思わず奇声を発する私。その声に振り返る人々。さらにあがる私。左手には明らかに他人の金。何もやましい気持ちのない証《あかし》に、聖火リレーのように五円玉を掲げながら、私は必死で考える。これは一体どうすればいいのか。

ネコババ、という選択肢は当然ない。私は極めて正直な人間であり、携帯メールの予測変換「し」の第一位は「しめじ」だ。いや、本当は「正直」だ、といいたかったのだが、念のために確かめてみると「しめじ」だったのだ。ガッカリだ。でもそれすら告白するほど正直だ。そんな私に、ネコババなど論外である。では駅員に届けるか。が、言っちゃなんだが五円である。もちろん私は金額の多寡《たか》によって貨幣を差別する卑《いや》しい人間ではない。でも五円は五円だ。小学生の頃、道で五十円を拾って友達と二人で交番に届けたら、お巡りさんが二十五円ずつご褒美《ほうび》としてくれたことがある。小学生の五十円でそれだ。大人の五円はどうなるのか。いっそ二十五万円くらいくれるのか。私はだから金額の多寡で貨幣を差別する人間ではないが、それは聊《いささ》か多過ぎるだろう。税金かかってもややこしいしな。では落とすか。さりげなさを装《よそお》って、再びこの五円玉を落とすか。だがそれはお金を捨てることを意味する。それができる罰《ばち》あたりな人間ならばそもそもこんなにギクシャクしていないのである。

考えれば考えるほどあがり、視線は気になり、聖火ランナー姿が浮く。人の流れに押されて歩き始めたのはいいが、周りを見ればみな同じ電車に乗っていた人ばかりだ。その全員が五円玉を凝視《ぎょうし》している（ように思う）。「自分の物にする気だべか」とささやいている（気がする）。「もうすぐポケットに入れるよ」と犯罪の瞬間を待っている（はずだ）。その事実（じゃないけど）に、ますますあがった私が、「そそそうだ、募金しよう。あああのコンビニの募金箱で」と、独り言のように呟《つぶや》いて走りだしたことは、たとえコンビニなどどこにもなくても無理はないだろう。私は見えないコンビニ目指し、まさに聖火ランナーのように駆けだした。そして、誰か駅で小銭を拾った時の正しい対処法を教えてほしいとしみじみ思ったのである。

その後

正直者だから言いますけど、この五円は結局ネコババしました。だってどこまで走ってもコンビニなかったし。いいかげん腕もだるくなってきたし。

その後のその後

正直者だから言いますけど、「どこまで走ってもコンビニなかった」っていうの嘘でした。通りの向こうにありました。でも遠くて。

紙パック交換啓蒙運動

しかし、人生とは思いがけない進み方をするもので、自分がこれほどまでに「噛《か》んで」と口にする日々を送るとは、昔は想像だにしていなかった。「噛んで」。今ではこのセリフを毎日どれほど発していることだろう。相手の目を見つめ、低く静かに呟《つぶや》く。「噛んで。お願いだから噛んで」

言われた父は、たいてい素知らぬ顔で餅を呑んでいる。鍋で煮て、のねのねに延びた餅だ。それをラーメンに入れて呑む。父は餅を噛まない。本人は否定するが、誰がどう見てもあれは呑んでいる。

父が好むのは極限まで軟らかくなった餅だ。のーっと延びたところを一息に呑む様は、「お米の国に生まれた人面蛇」のような、なにか特殊な生物性をも感じさせて戦慄《せんりつ》するほどだ。

餅は野菜、という意味不明の独自理論もあって、頻繁《ひんぱん》に父は餅を呑む。それはいが、彼も今や七十代。どれだけ好きでもそろそろ詰まるだろう、というのが衆《しゅう》目《もく》の一致するところだ。ましてや前歯が入れ歯である。五本ほどぱかりとはずれるその歯でのねのねを呑む。そこに私は戦慄する。

ああ、何度想像したことだろう。白くのねる餅が入れ歯を巻き込みながら、父の喉を塞《ふさ》ぐ姿を。倒れ伏し、悶絶し、白目をむく父の姿を。驚いた私が丼を手に立ち上がり、そのまま闇雲に背中などを叩いて汁まみれになる姿を。しかし事態は好転せず、慌てて掃除機を持ち出すおのれの姿を。そのホースを父の口に必死に突っ込んだものの、コードを差し込み忘れてパニックに陥《おちい》る姿を。そのうえようやく稼働した掃除機が紙パックの交換不足で吸引力ゼロである姿を。想像の中では、百パーセント父は助からない。

最近ではついに墓まで買った。墓前で、私は父に誓っている。「私の今後の人生を掃除機紙パック交換啓蒙運動に捧げます。二度とお父さんのような悲劇は繰り返させません。すべての掃除機に全力の吸引力を！」

季節は春だ。ふいに風が吹き、肩に一枚の桜の花びらが優しく舞い降りる。ああお父さんも喜んでくれている……って、もう止まらないのである。紙パック交換啓蒙運動なんてしたくもないのに、である。

もちろん好きな物を食べて死ぬなら本望、という考え方もあるにはあるが、餅はともかく入れ歯は果たして好物なのかという問題もある。一度、いっそ入れ歯をはずしたらどうかと思って、歯なしで餅を食べてもらったら、そのふにふにの口元が父を老けこませ、より「今すぐ詰まり感」を演出したので中止した。

それでも父は噛まない。あくまで呑む。結果、私としては日々「噛んで」と言い続けるしかないわけであるが、なんとそこに飛び込んできた『蒟蒻畑《こんにやくばたけ》』製造再開のニュース。今度は母が動いた。喜びのあまり、買い溜めしていた大好物の旧「蒟蒻畑」を一挙放出、十二個一気食いなどという暴挙に出るようになったのである。

「噛んで」「一個ずつ食べて、そして噛んで」

中庸《ちゆうよう》というものを知らない老夫婦に懇願《こんがん》し、徐々に鮮明になってくる墓の映像を振り払いながら、人が生きるということは「噛んで」と叫び続けることなのだと、私はまた新たな境地に立ったのである。

その後

父の軟らかい餅好きは今も変わらず。「三個投入した餅が溶けあって一個になるくらいでろでろに煮る」のがコツらしく、もう見ているだけで息ができない。先日、嘘か本当か知らないが「喉に詰まらない餅の開発に成功。喉越しは今までと同じ」というニュースを見たと言うから、「じゃあ商品化されたらそれ食べればいいんじゃない？　安心だし」と答えたら、「何で！　何でそんな餅！　ダメだ！　ダメなんだそれじゃ！」といきなりキレていた。怖い。そして意味がわからない。

その後のその後

いよいよ「詰まり感」が増してきたため、餅を一口サイズに切って出してみたところ、ちょうど喉を塞ぐのに適した大きさになってしまって失敗。

「ポケモン戦争」勃発

某年某日。三歳の姪が、それまで彼女の心の九割を占めていた（残り一割は好物のうどん）アンパンマンへ別れを告げ、突如「ポケモン」への心変わりを宣言。以降、一説では五百種にも及ぶという膨大《ぼうだい》な数のポケモンキャラに生活の九割（残り一割はうどん）を捧げることを誓う。

某年某日。四歳になり、ますますポケモンへの愛深まる姪が、私にも同じ愛を強要し始める。ルクシオだのディアルガだの、わけのわからないカタカナ名を大量に覚えることを当然のごとく要求し、「面倒だから登場キャラは全員ピカチュウと呼ぶ」私の姿勢については激しくそれを非難、一切認めず。

某日。全員ピカチュウ案却下を受け、姪に新提案を行う。「じゃあさ、全員キャベジンでどう？」「は？　意味わかんないし」。四歳児にタメ口きかれて冬。

某日。全員キャベジン案却下を受け、ポケモンに和名を贈るという打開策を打ち出す。早速、姪一番のお気に入りである、ウサギが風邪ひいたがごとき容姿のぬいぐるみを独自に「重子《しげこ》」と名付け、抱きかかえつつ頻《しき》りにその名を呼びかけたところ、「バカーーッ！」、今まで以上の必死の抵抗あり。

某日。ついに姪による特別講義開始。ポケモンの絵を次々指し示し、その名を私に叩き込まんとする。「あのね、これが××（覚えられない）で、これが○○（だから覚えられない）で、こっちが△△（もちろん覚えられない）なの」「へー」「重子じゃないの」「ほー」「わかった？」「わかったわかった」「じゃあ、これは何だ？」「キャベジン！」。姪、絶望と怒りのあまり涙ぐむ。

某日。件《くだん》のぬいぐるみを重子呼ばわりし続ける私に対し、「だからね！　重子じゃないの！　ミミロルなの！　ミ・ミ・ロ・ル！　あと一回でも重子って呼んだら、もう貸してあげないからね！」と、決然たる態度で言い渡す。別に貸してなどいらぬが、その四歳児とは思えぬ迫力と周囲の大人の圧力に負け、しぶしぶ重子撤回。ぬいぐるみにまで謝罪させられる。「ミミロルちゃん、ごめんね」。しかし言いながら、大の大人がこんなバカげたセリフを発していることに不意に腹が立ち、「だって重子がミミロルになったなんて知らなかったんだよ。重子、いつからミミロルになったの？」と口走ったところ、さらに姪が激怒。以後、一切口をきいてくれず。

某日。冷戦継続。

某日。冷戦さらに継続。

某日。五歳の誕生日が近付いてきた姪にプレゼントの希望を尋ねたところ、なんとかいう新しいポケモンぬいぐるみ（覚えられない）のリクエストとともに、和解の申し入れあり。受諾の条件として、そのなんとかいうぬいぐるみ（ほんと覚えられない）を今後「小宮くん」と呼ぶことの了承を求めたところ、長考の末、死ぬほど嫌そうに承諾する。思いがけず訪れた勝利に、しばし酔う。

某日。なのに、私より姪の方が大人、というコンセンサスがいつのまにか家族間で確立。そのうえ小宮くんを指さした姪から、「もういいよ、好きなように呼びなよ」とまるで子供をあやすように言われて、一気に形勢逆転。敗北感にまみれて、姪との戦いに終止符を打つ。

その後

先日六歳になった姪曰く、「おばちゃんの子供の時はポケモンなかったの？　アンパンマンもなかったの？　プリキュアも？　シュガーバニーズも？　ケロロも？　ジュエルペットも？　ええええええ！　じゃあ誰がいたのーー？」。……うーん、水前寺清子……とか？

努力嫌いは眠るよ眠る

眠ってばかりいる。天使のような寝顔で。一日に十五時間くらい。大人なのに。この尋常ならざる事態を順序だてて説明すると、まず風邪をひいたのである。それで、よく当たると評判の近所の病院へ行った。評判をたてたのは見知らぬお婆さんである。お婆さんは友人らしき人物に、「○×医院の先生さ、たいした当たるわ。血圧高くて通ってんだけど、私がしょっぱい物好きなのもすぐ当てたもね」と力説していた。場所はスーパーのレジ前。季節は春。それを盗み聞いた私は、病院評価に際して「当たる」という視点を欠いていたおのれを恥じ、もし次に○×医院を受診する機会があれば、治療に先んじて存分に当ててもらいたいと願ったのであ

る。

　願いがかなったのは、その年の夏であった。風邪をひいて受診した私に、「風邪だね」「咳《せき》でるもね」「横になるとひどくなるもね」「起き上がるとそうでもないもね」「夜眠れないしょ咳で」「吐き気もするよね」「熱も出たしょ」。完璧な北海道弁で、いやもう脅威の全問正解。もしやこの人は医師の姿を借りた天才占い師ではないか、と驚愕《きょうがく》しているところにさらに言うには、「何か質問はありませんか」って、ありますあります天才占い師様。

「あのですね、この前泥酔して家の鍵をなくしたんですけど、今どこにあるでしょうか。同じ日に友達の新築の家の新品の絨毯《じゅうたん》に醤油《しょうゆ》ぶちまけたんですけど、友情は続くでしょうか。それから昔、友達の付き合いで占い師を訪ねたら、開口一番『あんた努力嫌いでしょ。そういう人は一生パッとしないよ』って言われたんですけど、それは本当でしょうか。私の知り合いに、酔ったままパジャマのズボンを上半身に着ようと懸命に努力して挫折《ざせつ》、腕を通しただけの半裸で寝ちゃった女の人がいるのですが、その努力でもしないよりはましでしょうか。パッとしますでしょうか。占い師は自分のところで印鑑と財布を買えば、努力しなくてもパッとすると言いました。プラスチック製の印鑑と、鏡文字の馬の字が毒々しい財布。買うべきだったでしょうか。三十六万円で、ちなみに友達もグルでした」

思わず膝《ひざ》乗り出して尋ねるところであった。危なかった。

で、とにかくその医師兼占い師のところに、先日再び出向いたのである。風邪をひいて。驚くべきことに彼は進化していた。「この薬はすこうしだけ眠くなるからね」。そう言って処方した風邪薬が、すこうしどころか猛烈に眠い眠い眠い眠い眠いのだ。寝てる間にパジャマを脱ぎ、そのズボン部分を上半身に纏《まと》おうとして挫折、全裸になってもわからないくらい眠い。

既に「当たる」どころの話ではない。彼は新たな力を得たのだ。発する言葉があらゆる現象を増幅《ぞうふく》させるという恐るべき力だ。もちろん真相を突き止めるには、さらなる検証が必要であろう。だが、それには些《いささ》か眠すぎる。いつの日か、彼の秘密を暴く日を夢見て、とりあえず今は何も考えずに一日十五時間くらい眠っているわけである。天使のような寝顔で。一切の努力なしに。

串刺し男の安否

大丈夫なのだろうか。

男友達の携帯電話から着信があって、しかし出ると全然知らない青年なのである。「カノジョさんですか」。戸惑う私に青年はいきなり言う。は？「あの、今俺がかけてる電話の持ち主のカノジョさんですか」

私がその男友達の「カノジョさん」かといえば、もちろん違う。正確には、そうであった時期も過去にはあったが、数年前に何もかも面倒くさくなって放り出した。自分でも感心するほどの見事な放り出しっぷりであり、相手もまた豪快な放り出されっぷりであった。豪快過ぎて、遠心力で二年ほど行方知れずになったほどだ。再会したのは今年の夏。その時は「よお！　元気だった？　俺？　俺は知り合いのチンピラに牛刀で刺されたりしてたよ」と言って、傷痕を見せてくれた。脇腹に入口、背中に出口のある冗談みたいな串刺しであった。「串刺しの友達ってふつういないべ。自慢していいよ」と言っていたので、今自慢してみたが、いずれにせよ最後に会ったのがそれで、以後、顔も見てはいないのである。

「カノジョさんですか」

青年は執拗《しつよう》にただそれだけを訊く。この時点で、私は友人は死んだのだと思った。借りてはいけないところから金を借り、のっぴきならなくなったところで拉致《らち》監禁。あっという間に身ぐるみはがされ、コンクリートとともに海底へ。金貸しのみなさんは遺された携帯電話を使って、金を引っ張れそうなところからは全力で引っ張ることにした。そのための電話なのだ。

瞬時に相手の思惑を見抜いた私は、意を決して尋ねた。

「あの人、死んだんですか」

って、いやあ、こんな昼ドラみたいな台詞《せりふ》を実際口にする日が来るとは思いませんでしたよ。わたしゃどっかのヤクザの情婦かよ。と思うのは今だからであって、その時は本気である。なにしろ串刺しの過去をもつ男。海くらい平気で沈むだろう。私は震える声で再び昼ドラに挑む。「やっぱりあの人、死んだんですね」

青年、鼻で笑いましたね。笑いながら、「自分は道端でこの電話を拾った。どうしたものかと思い、まず発信履歴からあなたに電話してみた。カノジョさんですか」というようなことを告げたのである。なぜそれほど私の立場にこだわるかは謎だが、なるほどそうでしたか。ご親切にありがとう。私は赤面しつつも納得し、携帯電話を近くの交番に届けてくれるように頼んだ。青年は快く了承してくれた。男友達の現住所も職場も知らないので、私からこの件を本人に伝えることはできないが、警察という権力の介入を経て、事態は一応の解決をみたわけである。よかったよかった。

と思ったのが、数週間前。以来、そろそろ手元に戻ったかと何度か電話をかけているのだが、しかしどうもこれが変なのだ。呼び出し音が一回鳴ったところで必ず切れ、直後に非通知で無言電話がかかってくるのである。今もそうだった。一体何なのか。そこにいるのは誰なのか。果たして彼は大丈夫なのだろうか。わからないのである。

その後

実はこの時の男友達は、「夜道で見知らぬ若者たちにいきなりバットのような物で殴り倒されて顔面を激しく負傷。その際、携帯電話も盗られていた」という状況にあったことが判明。一体何をどのように暮らせば、知り合いのチンピラ（という人がいる時点でどうか）に刺されたり、道でいきなり小僧に殴られたりする人生が開けるのか。また、昨年大きな病気が発覚して手術を受け、彼の身体には様々な傷痕が刻まれることになったが、やはり手術の傷が一番きれいで治りも早いこともわかった。同じ刃物でも牛刀はイマイチで、あれは人間を刺すようにはできていないのだろう。ちなみに電話を拾ってくれたという親切な青年は、どうやら襲撃団の一味だった模様。アタイ、大人なんてもう信じない。

その後のその後

男友達とは再び音信不通。何かで刺されてなきゃいいけど。

熊は見ている

そのセーターはやはり熊には少し大きいように思えた。ぬいぐるみの白い熊である。冬の日が薄く差すリビングで、熊は静かに座っている。熊と私以外、家の中には誰もいない。奇妙な静けさが満ちている。

熊が我が家にやって来たのは、六年ほど前の秋の日だ。そういう趣向が流行《はや》っていたのだろう、妹の結婚披露宴で「生まれた時と同じ重さのぬいぐるみ」として、親に贈られたのがこの熊だ。とはいえ、肝心の母はその主旨をまったく理解しておらず、式の数日後、「何これ。何でこんなに重いのさ」という希代《きたい》の台無し発言とともに、掃除機の先でガンガン小突いていたのだが、それでも以来、熊は我が家の

一角に身を置いてきた。今も私の手によって一枚のセーターを着せられ、身動きもせずに座っている。

世の中に百パーセントの悪意などあるだろうか、とその姿を見ながら私は思う。たとえば熊が背負っていた多くの善意、親への感謝や見た目のかわいらしさや華やかな場の演出といったものたちが、やがて掃除機で突かれる巨大な無意味を生んだように、結局のところ悪意もまた、その本質はまったく異なる種類の感情の集積に過ぎないのではないかと。

私の場合でいえば、まずは嫌悪であった。冬が嫌いで、寒さがなにより苦手であるという私の生まれもっての性質がもたらす、純粋な本日の寒さへの嫌悪感。さらには、そのクソ寒い日に、とてもじゃないが親の使いで外になど出たくないという本能的な怠惰《たいだ》。それを後押しするように湧き上がる、まあこれくらいなら適当に洗剤入れてお湯で押し洗いすりゃいいんじゃね？　という根拠のない自信。ならばと、注意書きも読まずに闇雲に実行に移す安易な冒険心。しかし実際やってみると、手の中でみるみるぐんなりしていくその姿に突如引き起こされる不安。と同時に襲いくる恐怖。そ、そうだ、脱水はどうすりゃいいんだ、手でやるべきなのかそれとも洗濯機か、という今さらながらの迷い。いやもうとにかく目の前のぐんなりした物をなんとか始末したいと、何の考えもなしに乾燥機に放り込む焦り。

これら一つ一つの感情のどこにも悪意などないことは明白だ。しかし、と私は思う。そのすべてが集積された先に現れた、「母親にクリーニング店に持ち込むように頼まれていたお気に入りのセーターを『寒くて出かけたくないから』っつって留守中に勝手に洗濯したらものすごい縮んじゃって絶対大人は着られないサイズになってしまったのでぬいぐるみの熊に着せてみたけどやっぱ少し大きいわ」という事態の、なんと悪意に満ちていることか。その現実のむごさに私は慄然《りつぜん》とするのである。

熊は無言で私を見ている。着ているセーターは母のだけれど、着用不可能という意味において、既に母の物ではない。その事実の前に私は立ち尽くす。気がつけば、午後ももう遅い。まもなく、と私は思う。母が帰ってくる。

その後

弁償しました。本当にすみませんでした。

十一月に敗北する

某日。十一月に入り、鬱々《うつうつ》と過ごす。十一月は嫌いだ。「だって寒いし暗いし雪は降るし道路は濡れてるか凍ってるかで夏の思い出は遠く夢も希望もなくなって世界は冬に向かい人類は凍えてみんな死ぬんだあんたも死ぬんだ私も死ぬんだ犬も死ぬん」考えているうちに、つくづく絶望する。

某日。東京から友人数人がやってくるというので、心底驚愕《きょうがく》する。なぜ今の時期に。この「寒いし暗いし雪は降るし道路は濡れ（略）私も死んで犬も死んで東京から来た友人も死」考えているうちに、さらに絶望する。

某日。東京からやってきた友人たちを出迎える。私の絶望とは裏腹に寒い寒いと

なぜか嬉しそうなので、十一月の気難しさを教え込むべくダメ出し。「いくら外は吹雪でもシベリアじゃないんだから、まだその毛皮帽子は禁止」「いくら真冬日とはいえ遠赤外線下着の上下着用は早過ぎ。二月になったらどうする気だ。上半身が遠赤外線なら下は普通のタイツを。下半身が遠赤外線なら上は普通のシャツを。そして心にいつも佐藤浩市を」「買ったばかりの冬靴で靴擦《くつず》れとは笑止千万。君は浅利純子の悲劇を忘れたのか。忘れたなら思い出すがいい。あれはアトランタ五輪の女子マラソン、金メダルの呼び声高かった浅利選手はしかし新シューズで靴擦れを起こし、レース序盤で無念の脱落。その予想外の展開に我々日本人は、遠足のお知らせに『靴は履きなれた物を』としつこいくらい書いてよこした小学校教育の正しさを今更ながら実感するこ」なぜ誰も私の話を聞かん。

某日。昼、東京からやってきた友人に十一月の道路の危険性について説く。「今はこうして雪はとけているけれども、夜になるとこれがたちまち凍るので注意されたい」「凍った道路は一見ただのアスファルトのように見えるけれども、実は氷であるのでさらに注意されたい」「それはブラックアイスバーンと呼ばれる危険な現象であって、慣れない旅人諸君の転倒率は非常に高いので、とりわけ注意されたい」「ところで私は高校生までアイスバーンをアイス板だと信じていたのだが、それは回れ右を曲がれ右だと信じている父の娘であることで決着をつけるとして、しかし未《いま》だにたとえば三人四脚などという言葉を耳にすると真ん中の人は両足で跳ねるしか方法がないと思う、この基本的な物の道理のわからなさというのはあれかね、一生完治しないも」だからなぜ私の話を聞かん。夜、案の定路面凍結。「ほら言ったとおり。気をつけて。これがブラッ」威張りながらものすごい勢いで転ぶ私を見下ろす友人たちの向こうに十一月の空。

某日。東京に帰る友人たちを見送り、最後の忠告。「家に帰るまでが遠足だから気を抜かないように。東京は暑いから風邪をひかないように。今度冬に来る時は早めに冬靴に慣れておくように。その帽子はシベリアでのみ被るように。遠赤外線のシャツは二月ま」「いいからあんた転ばないように」。友人の言葉にうなだれて改札口で手を振る。だから十一月は嫌いだ。

その後

今も十一月は嫌い。希望なんかない。

雪かき界に新星現る

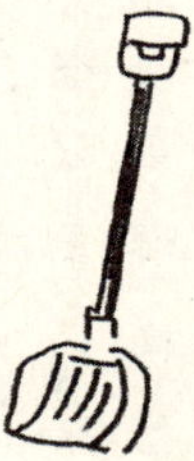

こんにちは。このたび、家族の総意を得て、我が家の雪かき主任を仰せつかることになりました北大路公子と申します。前任の父が数十年の長きにわたり、時に鼻水を凍らせながら務めてきた雪かき主任の座を引き継ぐにあたり、二、三、所信を述べさせていただきます。

どうしてこんなことになってしまったのか。

雪かき主任という大役を前に、今の私はうんざりした気持ちでいっぱいです。思えば昨年秋に坐骨《ざこつ》神経痛を患《わずら》い、さらに年末より肺炎で入院中の父。その名代《みようだい》として正月準備を手掛けたのが直接の敗因だったのかもしれません。

あの時は、「誰がこんなに食うんだよ！」と、毎年買い出し係の父に怒り散らしていた餅を、自ら例年に倣《なら》い十キロ購入、「お父さん入院中で、ますます誰が食うんだよ！」と駐車場で重さに打ち震えつつおのれを怒鳴るという失態を演じたものの、しかし、それが我が家の無駄な伝統を守る力持ちとして不当評価され、今回の人事異動に結びついた感は否《いな》めません。人生、油断は禁物です。

それにしても、「雪かき」。この言葉の持つ徒労感に私の胸は今にも押しつぶされそうです。三月、遠い石垣島の海開きに対して抱く、「そんなすぐ開くならいっそ閉じるな」という苛立ちにも似た思いが、そこには満ち溢《あふ》れているといえましょう。即《すなわ》ち、「いずれ融けるならいっそ降るな」。

雪かきとは、必ず融けるものを時間と労力を使ってわざわざ排除する行為にほかなりません。そしてそれこそが我々雪かき界の業《ごう》の深さと限界とを示しているのです。

そういった虚《むな》しさが人心に影響するのか、昨今の雪かき界は、ますます厳しさを増しています。境界線でもめている裏の家が、雪だけは本来の敷地までしか除《の》けないという事実。他人が敷地内に雪を捨てることに業を煮やし、年々塀を高くしたあげく「刑務所」と呼ばれている近所の家。しかも重ねて申しますが、いずれそれらも全部融ける。すべてが徒労に終わるのです。

そのような雪かき界に今、求められているものは何か。体力も作業量も明らかに通常の大人より劣っている私が主任を命ぜられたことを踏まえて考えますに、やはりそれは気持ちということではないかと思います。言い換えるならば、勇気。いずれ融けるものを除ける、という雪かき界の構造的矛盾から目をそらさず、ならば融けるまで待つ、という思い切った改革の風であります。もちろん突然の変革は反発も大きいでしょう。まずは生活に支障のないギリギリの線を模索し、時には仮病なども駆使し、最終的には四台分ある駐車スペースの三台分までの除雪権限を隣家の妹に委譲する。それが私に課せられた使命ではないかと思います。

さあ、窓の外をご覧ください。今も雪が降っております。ぼちぼちと雪かきの人が通りに出はじめました。しかし私はまだ動きません。ただ眺めるのみです。この勇気をもって、私の着任の挨拶とさせていただきたいと思います。ありがとうございました。

その後

「お姉ちゃん、この日本には雪の降らない場所があるって聞いたんだけど、それは本当？」「嘘です」「そこは冬になっても雨ばっかりで、だからといって道路が凍るわけでもなく、外に出したビールも破裂なんかしないんだって」「あり得ません」「一生に一度も雪かきをせずに死んでいく人もいるんだって」「一握りのものすごく病弱な人でしょう」「それがたくさんいるんだって」「いません」「いるんだって」「いません」「いるん……」「いい加減に目を覚ましなさい！　そんなところがあるわけないでしょう！　それは日本ではなく御伽《おとぎ》の国の話です。お菓子の家がある場所の話です。人は誰もが平等に雪かきをし、雪かきをしない人間は雪に埋もれて死んでいくんです。死ぬのがイヤなら雪かきなさい！　そこの雪をこの融雪機に！早く！」「は、はい……」という、妹との御伽の国ごっこもそろそろ飽きてきたので、早急に新しい雪かき中の娯楽を考えねばならないと思っているところ。

その後のその後

雪かき界の構造的矛盾は解消されず、主任の昇給などもなし。

非通知電話の謎

今となっては後悔しているが、私はその電話を無視した。昨日の午後、「ヒツウチ」表示で私の部屋にかかってきた電話である。無視したことに特別の理由はない。しいていえば、よんどころない大人の事情によって一人昼酒の最中であったことと、「ヒツウチ」の人が往々にして発する質問に対峙《たいじ》する気力がなかったからだ。ご存知のように「ヒツウチ」の人は実に質問好きである。「奥様ですか」「不動産に興味はありませんか」「浄水器はどうですか」「布団要《い》りませんか」「毎朝八時二分のバスでうちの夫と待ち合わせてるのはあなたですか」「夫と別れてくれませんか」。いや、最後の二項目についてはもちろん誤解であり、というより、間違い

電話であり、「夫の携帯にあなたの名前が」と必死に訴える女性の後ろに『おもいッきりテレビ』の音声が流れていたのは、人生を考えるうえで意義深いものがあるとは思ったが、それでも相手をした時はぐったり疲れた。

そこで昨日の「ヒツウチ」も無視したのである。電話は四度ほど鳴ったのち、自動的に留守番電話に切り替わった。ホッとしてビールを飲む私。が、その安寧《あんねい》もつかの間、「ひ!」、見知らぬ男性の音声が留守番電話に録音されたのである。「ひ!」、それだけを述べて唐突に電話は切れた。

これは果たして何であるのか、という話である。男性はなにやら慌てている風であった。何かを叫ぶように言いかけ、しかしそれを遮《さえぎ》られたようでもあった。遮った人物は彼の口を塞ぐべく、乱暴に電話を切ったように思えた。つまりはこういうことだ。

男性がどうしても私に伝えたいと望み、しかし別の誰かにとっては伝えられては困る言葉がある。その人物にとっては、力に訴えてでも止めなければならない重大な発言だ。それは一体何か。整理しよう。「ヒツウチ」で「妨害」で「ひ!」。いや、整理するまでもない。ここから導き出される彼の言葉はただ一つ、

「秘密の遺産相続の件でお電話いたしました」

どこかの大金持ちの老人が、その豪邸の窓から毎朝八時二分のバスに乗って仕事へ行く私を見初《みそ》め、秘密財産を譲ると言い残して死んだのである。五十年間彼に仕えた秘書のマルヤマ（仮名）は故人の遺志を尊重し私に電話をかけるが、強欲な老人の娘に邪魔されてしまう。彼女はギャンブルとホスト遊びで借金がかさみ、生前の老人から勘当を言い渡されていたのだ。「マルヤマ、秘密遺産は私の物よ！」「いいえ会長さまはあの八時二分の娘さんにと」。

受話器を手に揉みあう二人、鳴る呼び出し音、無情にも切り替わる留守番電話、勝ち誇る娘。「ほら、いないわ」「ではせめてメッセージを」「およしなさい」「ひー！」、ガチャ。「みつのいさんそうぞくのけんで……」

ああ、私は出るべきであった。ビールを蹴散らしてでも電話に出るべきであったのだ。あれから幾日が過ぎたろう。どれだけ待っても「ヒツウチ」電話はない。揉みあいの末、たぶんマルヤマは娘によって殺されてしまったのだと思う。せめて私が話を聞いていれば。そうすれば娘の殺意は私へと向かったはずだ。ああ申し訳なかった、忠義の人マルヤマよ。すべては私の責任だ。八時二分のバスで通勤していたことなど一度もないという事実は別にして、私は心からその死を悼《いた》む。

その後

これに懲りて「ヒツウチ」電話に出るようになったかというと、全然そんなことはない。あと『おもいッきりテレビ』って、今どうなったっけ。

紛争は終わらない

今、我が家の二階の窓からは小さな空き地が見下ろせる。数日前まで、そこには一軒の事務所兼作業所が建っていた。白い箱型の建物。「社長」と呼ばれる年配の男性と、幾人ものパートの女性たちが出入りしていたそれは、しかしたった二日で姿を消した。あっけなさに胸つまらせながら、私はそっとつぶやく。ああ、一つの時代が終わったのだ、と。

つまるところ、それは紛争の時代であった。幕開けは二十数年前。この地に越してきて間もない夏、事務所兼作業所の社長に「あんた誰さ」といきなり誰何《すいか》されたのがきっかけであった。「だ、誰って、娘ですけど」。驚きつつも正直に答える私。「娘ってどこの」「ここの」「嘘つくんでない」「はい？」「ここんちの娘、もっと小さいべさ」「あ、それは妹かと」「妹？　したらあんた誰さ」「だから娘で」「あんたなんか見たことないのにかい！」。まあ確かに見たことはなかったであろう。当時の私はよその町で暮らしており、引っ越し後家に帰って来たのはその時が初めてだったからだ。しかし相手の態度に腹を立てた私はそういった事情説明を放棄、「じゃあ息子ってことでもいいです」と言い置いてさっさと家に入ったのだ。「そういうことでなくて！」。背後に響く叫び声。以来、紛争の機運は一気に高まった。

紛争が表面化するのは、おもに冬である。なぜなら「路上駐車」と「路上雪捨て」という雪国の二大禁忌《きんき》を社長が平気で破るからだ。そのような大罪を犯すとどうなるかというと、まず捨てられた雪によって事務所兼作業所前の道路がズブズブになる。次にそのズブズブに私の運転する車のタイヤがとられ、路上駐車中の社長の車に接触しそうになる。さらにはそれを見ていた社長が、「ぶつけんなよ、ヘタクソ」と凄んでくるから、「じゃあきちんと雪かきしてくださいよ」「してるべや、ほれ」「それ道路に雪出してるだけでしょう」「なに？　文句あるならここ通るなやバカ」「開き直るなやハゲ」。それが二十年にわたって続いた。

もはや宿敵である。親はそれなりの近所づきあいをしていたようだが、我々の間には一筋の和解の気配すら見えなかった。遠くから死ぬほど睨《にら》み合った日もあれば、すれ違いざまに舌打ちされた日もあった。同じような雪問題で社長と近所のヤマダさんとが路上で胸倉つかみあった時は、「ヤマダさんに加勢を！」と飛び出しかけて家族に止められた。絶対ヤツより長生きして、墓の前で恨みをこめた自作の抒情詩《じょじょうし》を三日がかりで詠みあげようと誓いもした。しかし、と今は静かに思う。すべては過ぎ去ったことだ。社長は隠居し、事務所は取り壊された。時は流れるのである。

剝《む》きだしの空き地に雪が降る。その冷たい景色を見つめながら、戦線離脱した社長のことを考える。そして寂しがることは何もないのだと、そっと語りかける。あの子供。夏あたりから我が家の犬にちょっかいを出し始めた、どこぞの子供。大声をあげ石を投げ、叱ると「引っ込めババア！」と言い返すクソガキ。そう、時代は確実に受け継がれている。社長よ、安心して隠居するがいい。今、新しい紛争の幕は開けたのだ。後は私が引き受けた。

その後

いつのまにかその子供もいなくなり……と思ったが、大きくなっただけかもしれない。時は流れる。

そして一年が過ぎ行く

手紙を出すために家を出る。

雪が降っている。重く湿った雪。濡れないように、懐《ふところ》に手紙を押し込む。フードを被り、ポケットに手を入れる。手袋は今年の初めに酔って失くした。タクシーでお金を払う時に脱いだのが最後の記憶だ。雪の激しい日で、広い通りで車を降りてあとは歩いた。その間に落としたのだと思う。今歩いてるこの道だ。少し捜したけれど、次の日にはもう雪に埋もれてわからなかった。

しばらく行くと丁字路《ていじろ》。主のいない犬小屋を右手に見ながら、左に曲がる。犬小屋の主だったムク犬は春先に死んだ。子犬の頃に何度も頭を撫で、散歩中に会ってもマメに声をかけていたのに、成犬になってからは会うたびに吠えられた。それがなんだかおかしくて、私は声をかけ続けた。今もその癖が抜けない。「やあ、マルちゃん、元気？」

風が強くなる。フードを目深《まぶか》に被り直し、うつむき加減で歩く。小さな十字路の手前のブロック塀に手書きの貼り紙。『犬のフンをしないでください』。この貼り紙はもう何年も変わらずにある。小学生の男の子たちが、「犬のフンをしないでくださいだってよ」「できねーよな」「できねーよ」「人間のクソしかできねーよ」と笑っているのをずいぶん前に見たが、彼らもおそらくはもう高校生だ。今では、犬のフンよりもっと楽しく愉快で切ない何かを見つけただろうか。

十字路を直進。交差点はいつも少し滑る。左手に美容室。「近い」というだけでもう長いこと通っているが、時々衝撃的出来事が起きるのは今も昔も同じだ。今年の秋には鏡の中に、突如大槻《おおつき》教授が出現した。右から見ても、左から見ても、目を閉じてもう一度開けてみても、やっぱり大槻教授。「プラズマ……」とつぶやくも心は決して慰められなかった。雪の向こうにその美容室の明かりがにじむ。去年までよく遭遇した若いキャバクラ嬢とは、今年は一度も会わなかった。きれいに髪を巻き、面倒くさそうに煙草を喫《す》い、話す内容の九割が「同僚のミクの悪口」であった彼女は今頃どうしているのだろう。ミクの「ありえない裏切り」はもう許しただろうか。

雪が激しくなり、少し急ぎ足になる。美容室を過ぎ、理容店を過ぎ、小さな児童公園の横を過ぎる。この公園では夏に手紙を拾った。「返して」とその手紙には書かれていた。「私の手紙と時間と気持ちを返して」。うす緑の便箋《びんせん》に青のペン。ほかには何もなかった。私は二度それを読み返してから、元あった場所に置いて黙ってその場を立ち去った。去り際、風で飛ばないように小石を載せた。

公園の先は突き当たりまで一気に進み、そこを左。道路脇の商店の前に郵便ポストがあるから、それをめがけてさらに早足になる。雪は降り続いている。ポスト前で一つ息を吐き、懐に入れた手紙を取り出す。今年一度も会えなかった友人宛だ。こんなふうに、と私は手紙に書いた。こんなふうに、失くしたもの、変わったこと、変わらなかったこと、いなくなってしまった者たちに囲まれて今年も終わろうとしています。それを静かに投函《とうかん》。

よいお年を。

その後

『犬のフンをしないでください』貼り紙は、いつのまにかなくなっていた。かなりボロボロだったので、破れて風に飛ばされていったのだと思う。家の周りに犬のフンがなくなったかどうかはわからないが、それよりなによりずっと気になっていたのは、この家、二階に物干しがあるのはいいとして、それにもかかわらずいつもブロック塀に直接布団を干しているのも、まあ好みの問題としていいとして、その塀が低いうえにやや傾いているため布団が地面につきそうになっているのも、実際は地面にはついていないのだからいいとして、しかしそこにどこぞの犬がオシッコをかけるのはどうなのか。件《くだん》の貼り紙が「犬のフンは不可。オシッコは可」という意味であるかもしれない可能性を考えてまだ住人には伝えていないけれど、本当にどうなのか。

その後のその後

傾いたブロック塀はとり壊され、布団は無事物干しへ。

こんな正月明け

どうにも腑《ふ》に落ちない。

ある朝、私は廊下の片隅に水溜まりを発見したのである。小さな水溜まりではあったが、中から女神様が現れて、「あなたが正月二日に酔っ払って壊した眼鏡は、金の眼鏡ですか銀の眼鏡ですか、それとも数年前に近所の店で『まだ近くは見えますか』と何度も訊かれて『しつこいって。見えるって』と半ギレで買った眼鏡ですか」と尋ねる可能性もないことはないと胸躍らせて近づいたところ、それはまあ当たり前ではあるが水溜まりではなく、単に誰かが水をこぼした跡であったことが判明したので、たちまち興味を失った。

失ったはいいが、水は依然としてこぼれたままである。こうした場合、人としてとるべき態度は、その一「拭く」、その二「犯人を捜して糾弾《きゅうだん》する」などが考えられるが、もちろん私はいずれの案にも与《くみ》しない。犯人といっても両親のどちらかであり、その両親は私が子供の頃「自分でやったことの後始末は自分で！」と小言たれっぱなしだったわけであるから、自らも自主的に始末をつけてもらわねば困るのだ。それで黙ってその場を立ち去った。

立ち去った後は、正月気分が抜けぬまま、一日の大半を『家庭用自動もやしヒゲ取り機（廉価版《れんかばん》）』について考えて過ごした。これは持論であるが、私は『家庭用自動もやしヒゲ取り機（廉価版）』が開発されるまでは、科学というものを一切信用しない。いくら携帯電話が多機能になろうが、新幹線が速く走ろうが、『家（略）機（廉価版）』が各家庭に据えられなければ、一体何の二十一世紀ぞ。それで、暇さえあれば『家（略）機（廉価版）』に思いをよせているのであるが、今回も夕方までには独自デザインを完成させ、値段を設定し、あとは内部構造を誰かが考案するだけというところまでこぎつけたので、安堵《あんど》して酒を飲みに出かけた。

新年会である。新しい年を寿《ことほ》ぐのである。五時間ほど全力で寿いだ。寿ぎきったところで家に帰ると、これは人類の七不思議に加えてもいいと思うのだが、なぜか人は急速に酔いがまわることになっている。それまで雪道を気丈に歩いていた私もふいに足元が覚束《おぼつか》なくなり、朝から放置されたままの水溜まりを踏みつけることになった。当然、滑る。体脂肪率四十パーセントの人並みはずれた肉体でもって転倒はこらえたものの、これが寝ぼけた両親なら年齢的に大変危険だ。そこで急遽《きゅうきょ》、人としてとるべき態度その一「拭く」を行ったはいいが、寒いし足冷たいしでだんだんムカっ腹が立ってきたため、翌朝、改めて態度その二「犯人を捜して糾弾する」を実行せんとしたところ、なんと犯人候補である両親が口々に、「転びそうになったってかい」「酔っ払ってたんだべさ」「どんだけ飲んだのさ」「バカみたいに飲んだんでしょ」「ほんと酒飲むもね」などと頓狂《とんきょう》な感想を述べたあげく、「自業自得だ。じゃ行ってきます」、いきなり私の自業自得を断言して、どっか行ってしまったのだった。

どこへ行ったかは知らないが、まったくもって腑に落ちないことなのである。

独り正月計画

寂しい。もし私の目の前に宇宙人が現れて、「地球人よ、オマエが一年で一番寂しいと感じる月はいつかね？」と尋ねたら、迷わず「一月」と答えるくらい寂しい。宇宙人は地球侵略事前調査のためにやって来て、たまたま寂しさに打ちひしがれる私を見つけ不思議に思ったのだ。「どうして寂しいのかね？」「それは大好きなお正月が終わってしまううえに、次のお正月まで一年近くあるからですよ」

そうなのだ。一月も半ばを過ぎ、世間はすっかり正月のことなど忘れた顔をして、日常を送っている。その冷酷かつ無情な様に、私は心痛めているのである。ついこの間まで国を挙げて、「おめでとう」とか「箱根」とか「繰り上げスタート」

とか「お屠蘇《とそ》」とか言い合っていた仲ではないか。それが何だ、急に仕事の話なんかし始めて。「すっかり正月気分も抜けて」って、いつから我々の社会は、そのような寒々しい場所になったのか。用済みの正月には目もくれないような、世話になった正月が気分的にすぐ抜けるような、そんな寒々しい場所に。その心根がなにより寂しいというのである。

かくなるうえは、と私は決意する。心ある者の務めとして、ここは独《ひと》りで正月を続けよう。日本中の人間が「今、時代は盆だよね」などと言うような季節になっても、私だけは正月を続けよう。正月の方がくたびれて「もう十分です。お気持ちは受け取りました。金星タクシー呼んだからどうぞ帰って。シール集めると特典あるから」と音《ね》を上げるまで続けよう。

以上のような悲壮な決意でもって、このたび私は堂々独り正月に突入したのである。具体的には、まず餅である。それから酒。餅食べて酒飲んで、録画していたテレビの正月番組を見る。それを力尽きるまで続けるのだ。一見単純だが、これはなかなか過酷な作業である。なかでもＤＶＤの予約録画全失敗という事実は、その後の展開に少なからず影響を与えた。手持ちの正月番組を失ってしまった私は、急遽、通常の相撲中継などを見ながらの独り正月を実施せざるを得なくなり、つまりは夕方四時くらいからの酒となる。平日の四時から酒。いや、私の中では平日ではなく正月なのだが、そしてＤＶＤがあればもっと早い時間からの酒となった可能性もあるのだが、凡庸な周囲はそうはとらえない。「いつまで正月ボケだよ」「いい加減仕事したら」「ほんと酒ばっか飲んで」。あまりに偉大すぎる志は、凡人の目にはその偉大さゆえ細部しか映らないものだと理解していても、心ない言葉に時に挫《くじ》けそうになる。

しかしどんなに苦しくとも、ここで独り正月をやめるわけにはいかない。私はただ昼酒に興じているのではない。人類の正月史に残る偉業に取り組んでいるのだ。心で叫びながら、安馬《あま》（現日馬富士《はるまふじ》）の乳輪などを眺める。相変わらず小さい。新入幕の市原のは大きい。目算で安馬の五倍くらい。思わぬ発見に大喜びする私と、冷ややかな視線を向ける家族。が、その寂しさこそが一月の本質と看破《かんぱ》して、私は今日も淡々と孤高の独り正月を執り行う。その志の高さに恐れをなして、宇宙人も侵略を諦めると思う。

その後

私もすっかり歳をとり、正月を全速力で駆け抜けると疲れるようになってしまった。今年は正月明けに酒抜いた。こんな私、私じゃない。

茶の間への長い道のり

前項で、世の中の正月に対する態度に不満を覚え、永続的な独り正月（餅食べて昼酒飲んでテレビ見る）の決行の宣言をしていた私であるが、あまりの風当たりの強さにすぐに挫折《ざせつ》した。昼酒ってほんと評判悪いのね。それで仕方なく、正月抜きの冬を送り始めたわけだが、それにしても長いわ、冬。そして遠いわ、茶の間。

何の話かというと、寒さの話である。ここのところ、あまりの寒さに明け方必ず目が覚めるのだ。午前五時。まだ外は暗い。布団の中から手を伸ばして、ストーブのスイッチを入れる。ぼんやりと室内が赤く染まる。その赤い光を眺めながら、茶の間への長い道のりを思ってため息をつく。遠いなあ。実に遠い。

たとえば今から部屋を暖めつつ眠ろうとして、眠れなくて、夜が明けて、部屋はまだ寒くて、でも仕方がないから決意して、ようやく布団から出る。これだけで六行程。そこからさらに廊下。これがまた生きる意欲を殺《そ》ぐほどに冷えており、そのうえ夏は二十歩くらいだけど、冬期間はたぶん二百メートルくらいに延びている。そこを震えながら通って、途中すれ違った父親に「寒い？　寒い？　いひひ、通さなーい」などと通せんぼされて、怒りにまかせて寄ったトイレの窓が開いている。凍って閉まらなくなったのだ。も、もうダメかも……と心底冷え切って、ようやくたどり着く茶の間である。遠い。せめて廊下を経ずして茶の間へ移動する奇跡は起きないものか、と毎朝布団の中で祈るのも無理はなかろう。

　廊下といえば以前、廊下に置いたビールが凍るという極寒の家からマンションに越した友人（四十三歳・男）が、「鉄筋の家は暖かいから遊びにおいで」という新《あら》手《て》の口説き文句を開発した時、そんな誘いに乗る女がいるかよと呆《あき》れたものだが、あれはあれで案外ありだ。私も今、佐藤浩市にそう言われればついて行く。ついて行って結婚してでもどうせすぐ離婚して「破局のすべてを語る」とかいう手記も書く。二年後、乞われて復縁もする。「もっと暖かい家に越したから、戻ってきておくれ。オール電化だ」

まあ、復縁は後で考えるとして、今はとにかく瞬間移動である。二十四時間ストーブ稼働の暖かい茶の間への瞬間移動。今朝も布団の中で悩んでいるうちに夜が明けた。両親が起き出す気配がする。ああ、やはり奇跡は起きず、とうじうじすること一時間。ふいに父の声が響いた。「キミコ！　キミコ！　起きてる？　ちょっとこっち来て！　早く早く！」

一体何が起きたのか。年寄りと暮らしていると、冬の寒さにはまた別の怖さがある。さすがの私も驚いて飛び起き、あれだけ躊躇《ちゅうちょ》していた氷廊下二百メートルを駆け抜ける。三秒だ。「ど、どうしたの？　具合でも悪いの？」、血相をかえて茶の間に飛び込んだ私に、しかし父は愛飲の壜《びん》入りコーヒー牛乳を差し出し、笑顔で言った。「ほれ、凍ってる。昨日家に入れ忘れたらガリガリに凍ってる。食べれ！　シャーベットみたいだから食べれ！」

遠いと思っていた茶の間が三秒の距離とわかって喜ぶべきか、氷点下十度の朝にシャーベット食べさせられて怒るべきかわからぬまま、しかし本当にいつまで続くつもりだ、冬。

その後

我が家の平均年齢が年々上昇するばかりという事態を慮《おもんぱか》って、いよいよトイレに暖房器具を設置してみた。これで窓を開けても大丈夫。するとそれを見た妹が「ここの家のトイレ、ストーブつけてるのに窓開いてる！　せっかくあったかいのに寒くしてる！　わけわかんない！」と騒ぎだしたが、火の気がないまま窓を開けるともっと寒いではないか。わからないのはそっちだと思う。

その後のその後

茶の間に続いて、ここのところ異様に風呂が遠くなった。山を越え、谷を渡り、途中、羆《ひぐま》に襲われながら命からがら辿り着く小さな村、というくらいの脳内距離。入る前に疲れる。

小人さんの鳥を捜索する

不穏だ。すこぶる異音で不穏だ。何の話かというと、パソコンだ。パソコンが突然「ビー——！」という音を発するようになったのである。音量としては、昔住んでいた寮の非常ベルよりは小さいが、その後に住んだ安アパートの隣室の痴話喧嘩《げんか》よりは大きい感じである。痴話喧嘩は週に一度ほど勃発《ぼっぱつ》し、もっぱら女性が耳慣れない方言で叫んだ後、何かが割れたりぶつかったりするような音を潮に収束に向かうのが常であった。所要時間はだいたい三十分。他人の怒りを三十分聞き続けるのは体力が要《い》ったが、あれは毎回必ず収束に向かうだけ、まだよかった。私のパソコンの異音は収束には向かわない。電源を落とすまでずっと鳴ってる。

そこで、とりあえず本体を拝《おが》んだ。「拝む」「祈る」「中の小人さんを励ます」というのは精密機械に対する私の基本姿勢である。しかし、いくら拝んでも一向に効果が現れないため、たまたま電話をかけてきた友人に意見を求めることにした。すると友人は「バックアップをとれ」と言う。バックアップをとると直るのかと問うと、「あんた、ハンカクサイんでないの！　直るわけないべさ。バックアップとって新しいのを買うんだって！」と、北海道弁で激しく詰《なじ》った。怒る時に方言がでるのは痴話喧嘩の例を引くまでもなくままあることとして、寒い時期の買い物はいかにも億劫《おつくう》なので、その案は静かに却下する。

そうしている間にも異音は頻出。「ビー」音に加えて、「ピルルル」という小鳥の囀《さえず》りの如き音も聞こえるようになった。事ここに至って初めて、もしやこれは中の小人さんの身に何かが起きたのではないかと気づいて青ざめる私。もちろん「何か」が起きたに決まっている。鳥が逃げたのだ。小人さんの飼っている十姉妹《じゆうしまつ》と文鳥とが逃げて、その捜索に忙しく、本業であるパソコン作業が疎《おろそ》かになってしまったのだ。いや、すまなかった。それはさぞかし心配であろう。うちの犬が若い頃に脱走し、線路上でウ×コをしたあげく、列車に警笛《けいてき》を鳴らされているのを発見した時には、心配とはまた別の感情が湧き上がったものだが、鳥では事情も違う。

そこで早速、鳥の捜索に協力すべく、パソコンのカバーをはずし、中を覗《のぞ》く。すると、なるほどこれでは逃げた鳥も隠れてしまうであろうと納得する量の埃《ほこり》が溜まっていたので、それを丁寧に除去。スッキリしたところで、「じゃ、頑張ってね」と小人さんを励ましてから再び起動させたところ、視界がクリアになって無事に見つかったのだろう、以来一週間ほど異音は発生していない。見たか友人よ、バックアップより鳥だ。私は得意になって友人にメールを送った。そこには、もし小人さんが感謝の印に、十姉妹を「キタオージ」、文鳥を「キミコ」と名づけたいと申し出てきたら気前よく許可したいと書いた。なんなら十姉妹の方には友人の名前をつけてもいいと、懐の深さも見せつけた。友人からの返事はまだない。

その後

パソコンの調子が悪くなると、昔、地下鉄で見知らぬ女性から「あなたは幸福ですか？　悩みや心配事はないですか？」と声をかけられたことを思い出す。「パソコンの中から小鳥の鳴き声が聞こえるんですけど」と相談してみればよかった。

お願い、インコさん

ものすごいことを思い出した。私にはインコの霊が憑《つ》いているのだった。

昔、飲み屋のカウンターで隣り合った老紳士がそう言った。老紳士は私の顔をじっと見て、「お姉さん鳥飼ってたしょ。それか犬か」と言ったのだった。私が、鳥も犬も両方飼ってましたと答えると、老紳士は満足気にうなずき、「したら鳥の方だわ。それがお姉さんの後ろで見守ってる。困った時はそっと助けてくれてる」と断言したのだった。鳥と犬では犬の方が好きなんですが、という私の意見は「そういう問題でないんだわ」と一蹴《いっしゅう》された。それを昨夜、突然思い出した。

どうして思い出したかというと、またまたＤＶＤの予約録画に失敗したからであ

る。妹に言わせると原因ははっきりしていて、説明書をちゃんと読まないからだそうだ。でもあれ読んでると飽きるでしょう。私は飽きる。初手《しょて》から躓《つまず》いて、核心部分に到達する時には、もう完全に飽きている。せめて、「サブローはユキコの背後に回ると、そっと胸元に手を入れた。ユキコは掠《かす》れた声で囁《ささや》いた。『そこじゃないの。Gコード予約ボタンを押して』」とかいう程度の工夫を凝《こ》らしてくれれば最後まで読めるだろうが、ただひたすら「どこそこのボタン押せ」とか書かれてもなあ。

それで結局、勘による操作を行う。するとまあ、この勘がはずれるはずれる。十回のうち九回ははずれる。なまじ一回当たるのが始末に悪いのだが、この頃はさすがに弱気になって、やっぱ退屈な説明書を読むしかないか、とまで思いつめていたところで出会ったのが、Mちゃんの神業《かみわざ》。

その日、Mちゃんは飲み会に現れるや否《いな》や、「あ、テレビの録画忘れた！」と口走った。なんという重大事故か。我が事のように動揺する私をよそに、しかしMちゃんは落ち着いていた。すかさず自宅に電話をかけ、おそらくは私と同じように機械操作が苦手であろう母上に、「新聞とリモコン用意してくれる？　そうそう。それでね、リモコンの右上の赤いボタンを押してみて。うん、点いた？　ランプ点いた？」などと優しく指示を出し、数分後にはすべての操作を終えていたのである。その瞬間、折れるほど膝を打ちましたよ私。何で今まで気づかなかったのか。簡単ではないか。私も誰かに遠隔操作してもらえばいいのである。ただし残念なことに、我が家にはMちゃんがいない。肝心のMちゃんの穴をいかに埋めるか。最大の難問を前に打開策を模索しつつ、約一カ月。昨夜、ついに私は天啓を受けたのである。

インコに頼めばいいんでないの？

そう、今、話がようやく冒頭に繋がって大変ほっとしているところだが、件《くだん》の老紳士が言うにはインコは私を「常に見守ってる」のである。さらには「困った時はそっと助けてくれてる」のである。ならば、堂々と助けてくれるのもありだろう。

かくして希望はもたらされた。私はまもなくインコの霊からの遠隔操作により、予約録画の苦悩から解放されるだろう。あとはインコと交霊するだけである。ただしその方法は知らない。

カラスだけは見ている

毎年同じこと言ってるが、冬の私は動かない。だって寒いから。寒いの嫌いだから。とにかく動かない。ずっと家にいる。今日も家にいた。昨日もいた。一昨日もいた。三日間、一歩も外に出ていない。家にいて何をしているかというと、別に何もしていない。しいていえば、じっとしている。じっとしているのは平気だ。世の中のポジティブ派の人々が「人生、まず動け！」とか言ってるのを聞くと、だからどんな獅子舞《ししまい》かと思う。いや、子供の頃、獅子舞のひっきりなしに動く様が怖くて大泣きした過去があるのだ。動く獅子舞は怖い。たぶん今でも怖いと思う。幸いなことに家に獅子舞はいないので、今は心おきなくじっとしていられる。じ

っとしていると、不思議なことに身の回りが散らかり始める。本や服や郵便物が手の届く範囲に寄せ集められる。その中でさらにじっとしていると、今度はカラスがやってくる。カラスはひと月ほど前から頻繁に現れては、日に何度か裏の家の屋根にとまってこちらを凝視《ぎようし》するようになった。雪が大量に積もった屋根の上で、黒い姿は大変目立つ。それが黙ってこちらを見ている。物言いたげに見ている。照れる。

最初は何かの恩返しかとも思って米や味噌や鰯《いわし》の到着を待ったりもしたが、一向にその気配はない。そこで思案の結果、今では私がよほど心のきれいな人間なのだと思うことにしている。ほら、カラスはキラキラした物を集める習性があるというではないですか。そのカラスが私を凝視するということは、私がキラキラ輝いているとしか考えられない。外見はまったく輝いていないのでおそらくは野生の本能でもって私の中に美しい光を見たのだろう。カラスの目に映る私の心は美しい。神性というか。そう思うと今の暮らしに自信がわく。のびのびとじっとできる。二時間くらい昼寝もする。『ガラスの仮面』一気読みという禁忌にも手を出す。あれはまさに寝食を忘れる、という形容がぴったりの漫画なので、どこかの大統領に送れば、国の一つくらい簡単に潰せるんじゃないかといつも思う。まあ実際は、家で寝食を忘れて読んでる私が社会的に潰れそうになるわけだが、それでもカラスは何も言わずに見ている。よほど私の心がキラキラ純粋なのだ。

もちろん今日もカラスはやって来た。いつものように屋根にとまり、部屋をのぞき込む。『ガラスの仮面』にまみれ、それを迎える美しい心の私。何か新しい世界が拓《ひら》けた感すらする神々《こうごう》しい光景であるが、しかし本日はいささか様子が違った。

たまたま用があってやって来た妹が、我々の交流を目撃したのだ。「お姉ちゃ……」、漫画にまみれて寝転がる私と、視線の先のカラスを目にして固まる妹。慌てて事情説明をする私をよそに、妹はやがて静かにつぶやいたのだった。「輝きじゃなくて、死臭とか？」心の曇ってる人はこれだから困る。

とある大雪の日

その大雪の日、私は人生の真理をまた一つ知った。言葉にすればこうなる。
過度の集中は過度の忘却を生む。
単純な話だ。過度の集中は過度の忘却を生む。
雪は前夜から降り続いていた。私は外出に備えて車の雪を払っていた。フロントガラスが凍りついているので、氷を削《そ》ぎ落とす。私は少し急いでいる。人と会う約束があって、その前にいくつかの個人的な用を済まさなければならない。早く出発しなければ。力まかせにスノーブラシを動かしていると、母親がやってきて、途中のスーパーまで乗せてほしいと言う。氷を削りながら、私はうなずいた。母は後部座席に乗った。

出発は、予定より十分ほど遅れた。視界はすこぶる悪い。それでもなんとか大丈夫だろうと私は思っていた。郵便局、銀行、スーパー、動物病院、宅配便。順に回れば大丈夫だ。が、大通りに出たところで、その自分の見通しの甘さに愕然《がくぜん》とすることになる。

激しい渋滞。大丈夫どころの話ではない。ほとんど動くことのない車列を目にしたとたんに頭が真っ白になり、間に合うだろうかと、もうそれしか考えられなくなった。間に合うだろうか間に合うだろうか。焦る心で必死に予定を組み立て直す。まずは郵便局だ。郵便局へ行ってちょっとした手続きをする。それから銀行。銀行でお金を下ろし、動物病院まで犬の薬をもらいに行く。これは絶対に今日でなくてはいけない。薬を受け取ったら、次は宅配便だ。私は助手席の段ボール箱にちらりと目をやる。これもできれば今日中に。間に合うだろうか。どうだろう。間に合うだろうか。

雪は降り続く。車はなかなか進まず、気持ちはますます焦る。先方に電話をしようか。携帯電話を取り出しかけたところで、番号を知らないことに気づく。もらった名刺も置いてきてしまった。なんということ。時間ばかりがじりじりと過ぎる。

郵便局はとうに諦めた。間に合うだろうか。

近道、という言葉がふいに頭をよぎる。近道近道近道。するか、近道。だが、私は知っている。近道は危険なのだ。前に、あれは確か夏だったが、同じような状況の近道で道に迷い、前の車について行ったら高速道路に出て隣の市まで行ってしまったことがあった。それは近道ではない。究極の遠道だ。遠道なのだが、しかし。

結局、脇道に入った。細い路地は雪深く、すぐにタイヤをとられる。慎重に慎重に、と自分に言い聞かせる。とにかく集中して前だけを見る。間に合うだろうか。視界は相変わらず悪い。前のめりになってハンドルを握り、しばらく進んだところで、ふいに前方に人影が浮かんだ。茶色のコートを着て黒い帽子をかぶった年配女性の後ろ姿。あ、お母さん。母は激しい雪の中を、時によろけながら歩いている。一瞬、何で？　と、確かに思ったような気もする。するが、既にその違和感を検証する余力は私には残っていなかった。私は素早く女性の脇に車を寄せ、窓を開けて声をかけた。「お母さん！」

当然、後部座席で母が「はい」と答えた。

その後

いろんな意味で動揺したまま郵便局へ行き、銀行にも寄り、そこでは車が雪に埋まり、困り果てたところを通りすがりの親切なおじさんに救出され、母親をスーパーで下ろし、動物病院へ急ぎ、よそのネズミみたいに小さな犬に吠えられ、宅配便はあきらめて、待ち合わせには当然のごとく遅刻した。つらい一日だったけど、銀行で助けてくれた通りすがりの親切なおじさんが、実は私が昔飼っていたインコの化身だったことがわかって嬉しかったです、ということも当然なく、ただ大変なだけで「その後」のことなんか思い出したくもない一件。

乙女座キミコの残念な日々

月曜日。
早朝、友達から女子中学生のようなメールが届く。「今週の山羊座は、集中力不足。取り返しのつかない失敗をするかも。ラッキーカラーは茶色。公子も気をつけて！」。寝ぼけた頭でじっと見つめる。意味がわからない。いや、文章の意味はわかるのだが、それを私に送る意味がわからない。私の勘違いかと思って、しばし瞑《めい》目《もく》する。しかし、どれだけ瞑目しても、やはり私は山羊座ではない。
火曜日。
財布を忘れて買い物へ行き、引換券を忘れてクリーニング店へ行く。なるほど集中力が欠けている、と納得しそうになって驚いて否定する。違う違う、私は山羊座ではない。生粋《きっすい》の乙女座。

水曜日。

メール以来、ふだんは全く無関心な占いにしばしば気をとられる。ばかばかしいと思いながらも、時折「出生の秘密」という言葉が頭をよぎる。「ええ、友人からのメールで私は出生の秘密を知ったのです。生まれた時、意地悪な魔女の呪《のろ》いによって山羊座から乙女座に変えられてしまったという秘密を。呪いを解くには白馬の王子のくちづけが……」

木曜日。

バタバタとあわただしい一日。役所に行って何枚か書類を書く。生年月日記入欄に差し掛かるたびに、「本当は山羊座……？」と手をとめては、慌てて首を振る。

金曜日。

雪道、スーツ姿で派手に転ぶ人を見る。転んだ拍子に鞄が投げ出されたので、それを拾ってあげながら、時代と社会的問題から便宜上徒歩ではあるけれど、もしかするとこの人が白馬の王子かもしれないと思う。このまま二人は恋におちて、しかし彼には妻子があって、となると当然「愛してるよ。妻とは家庭内別居中なんだ」

「ええわかってる。私は両親と完全同居よ」「いや、そういう話でなくて」などといった泥沼の数年があって、やがて抜き差しならなくなったどちらかがどちらかをめった刺し。なるほど見えた、これが「取り返しのつかない失敗」の始まりか、と寒空の下じっとりと恐怖する。

土曜日。

もうすぐ今週も終わるので、物陰でちょっとだけ山羊座っぽくふるまってみる。ただし、具体的にはどうしていいかわからず、昔、動物園で見た山羊の真似をしてじっと立つ。

日曜日。

夕飯を食べながら、食卓の光景にふいに愕然《がくぜん》とする。魚の煮付け、野菜の煮物、キンピラ、昨夜の残りのおでん。なんと全部同じ色。しかも茶色。気づいた瞬間、激しい後悔に襲われる。そうだ、これを月曜日の朝に食べればよかったのだ。「ラッキーカラーは茶色」だったのだから。時計を見る。あと四時間ほどで今週も終わる。間に合わない。取り返しがつかない。ああ、とうなだれる。いろんな意味で、何でだ、と思いつつうなだれる。全然山羊座じゃないのに、いつまでもいつまでもうなだれる。

その後

実は未だ山羊座がちょっと気になる乙女な私。

その後のその後

もう気になりません。

透明な魂、逃亡す

確定申告があまりに面倒なので、時をとめようと思った。時をとめて永遠の今を生きようと思った。そんなことを考えつくなんて、やっぱ私天才だと思った。それで部屋のカレンダーをずっと一月のままにしていた。金と計算と領収書と手続き。あとハンコ。そんな世俗にまみれた季節を迎えるくらいなら、永遠の一月の方がずっとましだと思った。本来、人は透明な魂の持ち主なのだ。その輝きを金ごときで自ら汚す必要などどこにもないのだった。だから私は一月を生き続けた。

ところが、世の中は私が考えるよりずいぶん堅固であった。徐々にではあるが日が長くなりはじめ、激しく降る雪は微妙に湿り気を帯びるようになった。もしやと思う間もなく、やがて人々が「確定申告は？」と口にするようになり、「キミコは？　まだ行ってないの？」って、気づけば案の定すでに二月なのだった。しかも

下旬かよ。

もちろん永遠の一月を生きていた私に、準備などできていようはずがない。領収書なんて去年のも今年のも全部いっしょくただ。それくらい整理したらどうかと自分でも思わないでもないが、しかし私の透明な魂がそれを拒否した。やはり私は汚れたこの世界には向いていないのだ。ならば行こう。どこへ。確定申告のない村へ。美しい心の人の住む場所へ。

それはおそらく誰も知らない山の奥深くにあるだろうと私は思った。金も計算も領収書も手続きも、もちろんハンコもない世界。欲や得などはその概念すら存在しないのだった。そこで人々は、ひっそり清らかに暮らしているのだ。透明な魂は互いに引き合うから、当然私は温かく迎えられるはずだと思った。同じ魂に囲まれて私は幸福だろう。生まれ故郷に帰った気すらするだろう。そう、おそらく二カ月くらいは。

でも、その後は正直、少し飽きるんじゃないかと思った。飽きたらたまに山を下りて、村にはない珍しい物をいくつか持ち帰ろうと思った。するとそれを見た人々は驚き、その透明な魂でもって私を尊敬するにちがいないのだった。彼らは私を褒めそやし、ひれ伏し、じきに神と崇《あが》めるのだった。神となった私はやがて図に乗り、村の富をそうとは気づかれぬように独占しようと思うのだった。あるいは人心を掌握《しょうあく》したところで一気に貨幣制度を導入、完璧な集金システムによってすべての富を吸い上げるのもありかと思うのだった。まあそうなると、善良な人々がやがて金とか計算とか領収書とか手続きだとかに苦しむのは目に見えているのだが（あとハンコ）、でも私が苦しむわけではないので関係ないと思った。

しかしそう思った瞬間、村は私を排除するに違いないのだった。透明な魂の護《まも》りの力によって、邪悪な心を持つ者は村では暮らせないのである。それで結局、私はあれほど忌《い》み嫌ったこの汚れた世界へ再び身を置くことになるのだが、そしてそれはずいぶんつらいことのように思えるのだが、しかしその頃にはとっくに確定申告の季節は終わっているはずだから、実は全然構わないのだった。やっぱ私は天才なのだった。

その後

今考えても名案だと思う。

キミコ、立ち向かう

忘れないでほしい。私は一度は立ち向かったのだ。平成十九年分の確定申告書類作成、私はそれに真っ向から立ち向かった。
まず、必要書類等を目につく場所に配置した。常に目の端にその存在を置くことによって、確定申告を折にふれ心に浮かぶ佐藤浩市のような存在にまで高める作戦であった。配置場所は、机の上。本棚から押し入れまで、いくつかの候補はあがったが、結局はもっとも凡庸なところに落ち着いた。もちろん凡庸であることに落胆はなかった。非凡が平凡を凌駕《りょうが》するという幻想を私は抱いてはいない。
机上の確定申告書類。それを時に無視し、時に呪いつつ、私は日を送ることになった。つらかった、と敢《あ》えて言う。逃げようと思った。ちらりと覗いた書類の数字の羅列《られつ》に気が遠くなり、高校の数学で〇点をとった私が何でこんな目に、と涙したこともある。しかもアレ百点満点じゃなくて二百点満点だったんだよなと、改めて傷ついた。おかげで翌日の物理の四点が高得点に思えて嬉しかったけど、でも今ならわかるそれは気のせい、と二十五年ぶりに正気にも戻った。

それでも私は徐々に確定申告を受け入れた。「去年まで出来たのだから今年だって」と己を鼓舞《こぶ》し、「でも年々頭がバカに」と弱気になったところで、「いや、パソコン様を拝めば大丈夫」と宗教に走っては、瞑想《めいそう》に励んだ。拒絶と怒りと、諦念《ていねん》、そして祈り。それらを繰り返し、やがて机上の書類が風景に馴染んだ頃、ついに私は書類を手に取りながら、「還付金《かんぷきん》」と親しみをこめてつぶやくことに成功した。「課税」ではなく「還付金」。いよいよ時は満ちたと思った。

かくして、平成十九年分の確定申告書類作成に、私は一人立ち向かった。そう、立ち向かったのだ。開始直後、必要書類が一枚足りないことが発覚し、どこを捜しても見つからず、平身低頭で再発行をお願いし、と思ったら一時間後に発見され、再び平身低頭で再発行を取り消してもらい、自信をなくし、厭世的《えんせいてき》になり、昔、スガノ君が学校祭で「僕はこんなことをするためにこの学校に来たんじゃない」というような歌詞の自作の歌を熱唱した時、それを聞いた同級生全員に「そうだよ、歌ってんなよ、勉強しろよ」と言われたことがあったが、今ならスガノ君の気持ちがよくわかる、私はこんなことをするために生まれてきたんじゃない、じゃあ何のためかといえば昼酒だとは思うが、そこは鉄の意志でこらえて作業を続け、ようやく全部をパソコンに入力し、あとは印刷だけよく頑張ったここまでくれば勝ったも同然、なのにプリンターがなぜか「インクが切れています」って、はあ？　買いに行こうにも外は猛吹雪、それでとうとう何もかも嫌になって酒飲んじゃって、当然インクも買わず印刷もせず、あれから一週間ほど経過しているのだけれどそのままで、でも私は一度は確かに立ち向かったのだ。それだけは忘れないでほしい。

その後

相変わらず確定申告は苦手。申告漏れがあったら容赦なく指摘されるのだから、いっそ最初から税務署が計算してくれればいいと思う。

ヤマダ電機の山田さん

我々は長きにわたり、「ヤマダ電機の山田さん」からパソコンを購入するという事態について、あまりにも無防備であった。たとえば昨年来、不穏な動作を続けてきたあなたのパソコンが、いよいよ終末期を迎えたとしよう。音声は消え、画面は暗く、何をやっても無反応。明らかに買い替え時だ。

あなたはもともとパソコンに多くは望まない。テレビも見ないし、映画や音楽にも興味がない。しかし、ないと仕事に支障がでる。そこで自宅近くにある家電量販店へ向かうだろう。家から車で五分。彼はそこにいる。思案顔のあなたに彼はまず笑顔で近づく。「パソコンのご購入をお考えですか」。それから、うなずく私に向かって、慣れた仕種《しぐさ》で胸元の名札を指さして言うだろう。「わたくし、ヤマダ電機の山田と申します」

その瞬間、あなたの脳裏には二つの疑問が渦巻くはずだ。「では、カメラのキタムラに北村さんはいるのか」「そして、この人は入社以来何度このセリフを口にしたのか」。前者については簡単だ。カメラのキタムラにも北村さんはいる。いや、いないかもしれないが、今のあなたに確認の手立てはない。問題は後者である。はたしてヤマダ電機の山田さんは、入社以来何度あのセリフを口にしたのか。「パソコンでテレビはご覧になりますか?」。無言になったあなたに山田さんは尋ね、いいえと答えながらも「今までに何度あのセリフを?」とあなたはそればかり考えている。「DVDはご覧になりますか?」「いいえ（今までに何度……）」「音楽は?」「いいえ（今までに何度……）」。しかし、実際その疑問を口にはできない苦しさ。

葛藤《かっとう》のなか、あなたは自ら計算を始める。仮に日に三人に件《くだん》のセリフを言うとして、いや三人じゃ少ないか?　じゃあ五人、五人としてそれが週に五日でさらにひと月で一年で「メモリの容量はやはり大きい方が?」「え?　ええ、ええ、それはええ」、新たな質問に、あなたは動揺する。はずみで計算内容も忘れるだろう。やり直し。五人で五日でひと月で一年で「お客さま?」。そして、勤続年数が「お客さま?」「……え?」「でしたらやはりこちらの機種が」「え? ええ、そりゃもうそうでしょう」。海で、とあなたは思う。海で遭難した人はあれほどの青い水に囲まれながら、しかしコップ一杯の真水を求めて苦しむのだろう。私も電卓あふれるこの電器店で、単純な計算ひとつできずに苦しんでいる。

そんな挙動不審のあなたに山田さんは笑みを絶やさず接するはずだ。あなたの胸は痛み始める。もう終わりにしよう、と思う。山田さんは、ただ山田さんであればいい。笑顔で皆を優しく包むのだ。罪滅ぼしの気持ちも込めて、あなたはそっと尋ねる。「山田さんのお勧めは?」「これですね」。間髪《かんはつ》を入れず彼が指さした機種をあなたは購入し、家路を急ぐだろう。それが「地デジ対応・DVD鑑賞ばっちり・音楽ダウンロードもさくさく・あと値段高い」という、当初の目的からは機能も価格もかけ離れたところにある物だと気づくのは、もちろんもう少し後のことだ。しかし、あなたは後悔はしない。少なくとも私はしなかった。我々は、「ヤマダ電機の山田さん」からパソコンを購入するという事態について、あまりにも無防備であったのだ。悔いるとすれば、その点のみである。

その後

つい先日、山田さんお勧めのパソコンが突然の不調を訴えたためサポートセンターに電話。二日酔いだった私と、「てめー朝の十時前からやる気なさそうな声だしてんじゃねーよ、あ？　本気か？　本気なのか？　兄弟いんのか？　兄弟もみんなそんな声か？　遺伝か？」と元気な時なら思わず問い詰めたくなるような覇気《はき》のない兄ちゃんとが、「……じゃあ、今画面はどんな感じで……？」「…………黒いです」「……では、一度電源を切って」「……はい」「また電源入れて……」「……はい」「…………どうなりましたか？」「……どうもなりません」などと二十分ほどやりとりしたあげく、再セットアップの憂き目に遭ってデータがきれいさっぱり全部消えてしまった。今はただ、山田さんとの思い出が胸に残るだけ。

その後のその後

最近、電機店で声をかけられることがめっきり減った気がする。人手不足か、はたまた私がビンボ臭いのか。

正義と裏切りの狭間で

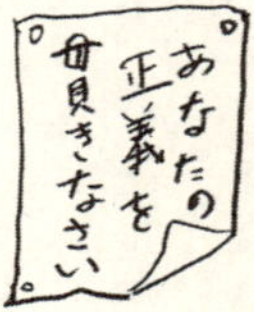

これを裏切りと呼ぶべきかどうか、私は今静かに考えている。貼り紙である。今からひと月ほど前、とある民家の二階の窓に一枚の貼り紙を発見したのだ。

「あなたの正義を貫きなさい」

唐突に、しかし墨痕《ぼっこん》も鮮やかな達筆で、それは道行く人々に訴えていた。誰が何を意図して発したものかはわからない。が、その名実ともに高みから物を言う姿勢に、私は心打たれた。有無を言わさぬ力強さが、孤独で気弱な乙女の琴線《きんせん》に触れたと思ってもらってかまわない。貫かねばと思った。とにかく私の正義を貫かねば。

幸いなことに、翌日から貫く機会には事欠かなかった。なにしろ昨今の世相である。電器屋のテレビ売り場で大相撲中継を見ていただけで、見知らぬじいさんに舌打ちされる時代である。「そこに立ってたら見えないべや。ほんと非常識だな」とテレビがずらりと並んで、そのうちの半分近くが相撲を流している場所で罵《ののし》られる時代である。あるいはスーパーで迷子の子供に声をかけようとした瞬間、通りすがりのばあさんに「あらこんなところで泣かして、困ったお母さんねえ」と、してもいない子育ての不行き届きを責められる時代でもある。さらに言うなら、酒屋で佐藤浩市に義理立てして「キリン一番搾り」を買うべきか、安売りの「サッポロ黒ラベル」を買うべきかで悩んだだけで、実の母から「あんたなら、まず優柔不断だもね」と決めつけられる時代であり、そのうえ幼い姪が「おばちゃん、だいしゅきー」と抱きついてきたので、「おばちゃんもおばちゃんが大好きー」と答えたところ、「……そんなに自分ばっかりしゅきなの？」と、幼児に真顔で問い質《ただ》される時代でもある。

そのたびに私は貼り紙のことを思い出し、そして私の正義を全力で貫いた。電器屋では頑としてテレビの前から動かず、スーパーではばあさんの目を見据えながら「すいませーん、迷子でーす」と叫んでよけいに子供を号泣させ、ビールは悩みに悩んだ末、義理と実益と嗜好《しこう》の三方得をにらんで両方購入した。もちろん子供相手にも手は抜かなかった。一生涯これだけは言うまいと小五の冬に誓った「大人になればわかる」というセリフを、涙をのんで姪に告げた。まさに私は正義の人であったのだ。そう、四日前までは。なぜ四日前かというと、その日、貼り紙の文言が突如変更されたからである。変わらずの達筆で、それは新たにこう訴えていた。

「自分の評価は他人が決める」

呆然と私はそれを見上げた。このひと月のおのれの行状《ぎょうじょう》が胸によみがえる。じじいを無視し、ばあさんをにらみつけ、ビールは結局決められず、子供相手にムキになる。そして、自分が正義の人から一転、「非常識で困りもので優柔不断で自分大好きな馬鹿」に成り下がっていくのを感じた。他人が下した私の評価。そこに容赦はなかった。あるのは過酷な現実のみだった。

自分の評価は他人が決める。

春まだ浅い日を浴びて黒々と輝く墨跡を思い返しつつ、この事態を裏切りと呼ぶべきかどうか、だから私は今静かに考えている。

時空の歪みに翻弄される

時空が歪《ゆが》んでいる。まさかと思ったが、本当だ。なにしろ一週間がべらぼうに短い。短いというか早い。あんまり早くて、この頃は毎日同じ曜日を過ごしている。昨日月曜だったはずなのに、今日もまた月曜。昨日燃やせるゴミの日だったのに、今日もまた燃やせるゴミの日。おかげで燃やせないゴミばかりが溜まって本当に困る。

この異常事態に際し、最初、私は多重人格説をとった。人格交代による記憶の欠如の発生、すなわち今の私が月曜日を生き、別の私が火曜日から日曜日までを生きているという可能性である。しかしながらこの案は、いつまで経っても私の別人格

が現れないという致命的な欠陥によって否定された。心当たりのない出来事、つまり街なかで見知らぬ人が、「ああ、あなた様は息子の命の恩人！　これはほんのお礼です！」と駆け寄り、札束と佐藤浩市のメールアドレスを手渡すような事態は起こらなかったということである。

そうなると次に考えられるのは、スカロス人陰謀説である。正しい昭和の子供のみなさんはご存じかと思うが、スカロス人というのは、「スタートレック」に登場した高速人間である。高速人間はあまりに速く動くため、地球人の目には見えない。そして見えないことをいいことに、スカロス星の水を無断で飲み物に混入し、非高速人間を高速人間に変えてしまうという悪事を働く。ちなみに高速人間化したカーク船長は、スカロス星の女王の色仕掛けに引っ掛かって、あの人は本当に女好きなわけだが、まあそれは今はいい。とにかく私もどこかでその水を飲まされ、時の感覚が狂ってしまったのだと、そう確信したのもつかの間、「ちょっと、テレビの前に立たないでよ」と家族に叱られたことで、この可能性もあっさり打ち消された。見えないどころか邪魔だなんて、そんな高速人間はいない。

となると残った可能性は、時空である。時空が歪んでいるのだ。俄《にわ》かには信じがたいが、私は知らず知らずのうちに時空の歪みに身を投じ、その流れに翻弄《ほんろう》されていたらしい。なるほど、どうりで毎日同じ曜日が続くはずだ。燃やせるゴミの日ばかりが訪れるはずだ。私は深く納得したものの、結局のところ、私にできることは何もない。今後、時の流れが加速し、実感として明後日あたり老衰で死ぬような気がするが、たとえそうだとしても私に抗《あらが》う術《すべ》はないのだ。

さっき母親にそう言ったら、「老衰ってあんた、そんな後生《ごしょう》のいい死に方できるほどの善人かい」と根本的質問を投げかけられた。母ちゃんこの話のポイントはそこではないですよ。もちろん、こうしている今も私は時空の歪みの中にいる。世界から隔絶された場所だ。そこから私は懸命に世界に手を振る。しかし、その姿は燃やせないゴミに隠れて誰の目にも触れないだろう。その悲劇に私の胸は潰れそうだ。本当にどうしたらいいんだ、燃やせないゴミ。誰か捨ててくれないか、燃やせないゴミ。収集日は木曜日。

その後

屁理屈はいいから、とっととゴミ捨てろよと、この時の自分を叱りつけたいです。

腕時計の志

腕時計には思わぬ力がある。

たとえば私の父が入院したとしよう。いや、したとしようというか、実際したのであるが、つまり、年末に風邪をひき、その風邪が持病の喘息《ぜんそく》を誘発、さらにストーブの故障で室内氷点下という不運を経てみるみる悪化し、「年寄りの病気は足がはやいわ」と驚いているうちに肺炎へと進んでしまった。這うように病院に入ったのである。病院のベッドで父は、「も、餅……今年の、正、月、は、家で、も、餅を……食べら、れ、ないけど、び、病院で、出る……べか……餅」と餅好きの執念を息も絶え絶えに見せつけて周囲を軽い混乱に陥《おとしい》れたが、しかし入院生活には餅以外にも必要な物がたくさんあって、私がそれらを用意することになったのである。

行為自体は非常に単純であった。まずはタオル。洗濯済みの何枚かを畳み、茶の間のテーブルの上に置く。それから下着、これは新品の物を幾組か用意した。さらに印鑑、新聞、眼鏡、ティッシュ、髭剃《ひげそ》り、布巾。

父と病院の指示どおり、必要な品々を私は淡々と並べた。今思い返してみても、平凡な景色だったと思う。目の前に広がる生活必需品の小さな山。正直、私はその凡庸さに飽きていた。とっととすべてを終わらせたいと思った。が、私の退屈な思いは最後の腕時計をタオルに載せた瞬間に消え失せた。目の前の風景が劇的に変化したことに気づいたからである。そこにあるのはもはや日用品ではなかった。入院用品でもなかった。では何であったのか。

遺品。

いやもう、どこからどう見ても、遺品なのである。それまでは何の変哲もなかった生活用品が、腕時計と並ぶことによって、たちどころに遺品っぽくなるのである。新聞販売店からもらった「ジャビット君」の絵入りタオルは「長年愛用していた京友禅手拭い」に、入院手続きに必要な印鑑は「病床で密かにしたためていた遺言状に震える手で捺印《なついん》したものの、法律上はまったく無効だったことが後にわかった涙の印鑑」に、度も合わないいい加減買い替えたいが眼鏡屋に言いくるめられてバカ高いのを買ったのが悔しくて意地で使ってる眼鏡は「片時も手放さなかったオリジナル品」に、ただ腕時計とともにあるだけで、気持ち的にではあるが姿を一変させるのである。

腕時計の遺品度。

思わぬ発見に、私は興奮した。興奮しつつ家中を練り歩き、もっとも遺品度の上がる組み合わせを捜してみたりもした。腕時計の遺品度は、単体よりも他の何かと組み合わせることによって、より力を発揮する。スリッパ、枕、父の大好物の餅。餅はせっかくの正月ということで、鏡餅で試してみた。そしてその結果、着古した父のセーターの胸元に手帳とともにさり気なく配置するのが一番泣けるということと、調子に乗ってそれを母に見せびらかすと「縁起でもない！」と叱られることがわかり、とりあえず満足したのである。

今、腕時計は退院してきた父の手首に巻かれている。単なる実用品にしか見えないそれの秘めた実力を、しかし私は知っている。「あらゆる物を遺品っぽく」。腕時計の志は我々が思っているよりはるかに高いのである。

その後

たとえ世界が滅んだとしても、淡々と時を刻み続ける。そんな永遠を思わせるような悲しさと平安が、腕時計に思わぬ力を与えているのかもしれない。ともっともらしいことを書いても、この話に漂う不謹慎感は拭えないのだった。

アタシは旅に出る

　アタシ、キミコ。高熱が続いて、ほぼ寝たきり。さっき、担当編集者に「熱で動けませんので書けません」とメールしたら、「携帯からでも大丈夫です」って言われた。あんた鬼？
　それで今、ケータイ握って布団の中。ケータイの文章はこういう感じのものだって、今時まだ「ケータイ小説」読んでる知り合いが言ってたから、頑張って書いてる。
　熱が出始めたのは、もう何日も前。真夜中、激しい悪寒《おかん》と頭痛がアタシを乱暴に覚醒《かくせい》させた。

「寒い……」

アタシは震えながらつぶやいた。電気シーツの温度を上げ、電気ストーブのスイッチを入れる。でも、いくら待っても何も変わらなかった。世界は冷たく、割れるように頭が痛い。

アタシは絶望する。やっぱり世の中なんて嘘まみれだ。アタシはただ温もりが欲しいだけなのに、誰もかれもがそれを裏切る。怒りと悲しみに満ちた瞳にストーブの光が映る。それがアタシに問いかける。キミコ、凍えているのは本当に身体なの？　それとも心？

布団をもっと掛けたいのに、身体を起こすのもままならない。アタシは知ってる。ここから数歩先の部屋には、母親が訪問販売で買った布団がたくさんあるって。布団屋は、太った中年女と痩《や》せた若い男。ある日突然家にやって来て、こう言った。「古いお布団を打ち直しますよ」。まんまと母は大金を支払った。でも打ち直しだなんて、アタシは信じちゃいない。だってその後も何度も新しい布団を勧めに来たから。ある時、ついにアタシはキレた。

「二度と来るな、詐欺師」

女は怒った。肉づきのいい肩を震わせて、泣く真似さえして見せた。でもアタシの心は動かない。その時から知っていたんだ。世の中なんて、どうせ嘘まみれだって。

その時ふいにひらめいた。も、もしやこれは布団屋の呪い？　去年見た新聞の書籍広告も思い出す。帯の文句が「見知らぬ人から呪われる時代になってしまいました」。その時、アタシは笑ったっけ。「なってしまいましたか！」

でも今は笑えない。だって現《うつつ》にアタシは動けない身体で、あの布団のことばかり考えている。恋しさが募って、あれさえあれば人生はバラ色とさえ思う。きっとそうだ。アタシは呪われたんだ。あの太った女と痩せた男に布団がなければ生きられない身体にされてしまったんだ。朝、太陽がのぼる頃、ようやく震えは治まり、アタシは浅い眠りにつく。だけど夢の中でも頭が痛い。呪いを解くにはどうしたらいいの？

目が覚めても熱は下がらなかった。アタシは病院へ行った。「風邪ですね」。目の前の医者はあっさり言った。「すぐに治りますよ」。優しい言葉。アタシは嬉しかった。少しだけ世界を信じられた。だから、「何か飲みました？」「えーと、昨夜はビールと焼酎と」「いいえ、晩酌じゃなくて薬……」、そんな医者との会話も平気だったのに。

……なのに。結局、それからも熱は上がるばかり。だから今も布団の中でこうしてケータイ打ってる。みんな嘘まみれなんだ。アタシはナミダを流す。悲しみと頭痛に耐えながら、もし熱が下がったら旅に出ようと思う。呪いを解く旅。そしていつか愛の世界にたどり着く。そこには鬼もいない。ただ温もりだけがあると信じて。……fin.

その後

布団屋からは未だ電話がかかってくる。私が出るとガチャ切りしやがるが、母が出る（もしくは私を母と間違える）と気持ち悪いほどの猫なで声で話し始める。私の携帯電話に時々「あのー、サカイさまでいらっしゃいますよね。以前お問い合わせいただきましたバイアグラについて、お電話さしあげております」という間違い留守録が吹き込まれているが、その、あたかも蛇が人間の言葉を喋《しゃべ》っているようなぬめり具合とよく似ている。極度のうさんくささはすべての人を同じ方向に導くのか。

高熱にうなされて

某日。高熱のため、寝たきり。とにかく寒い。

某日。熱が下がらないので、近所の個人病院へ。待合室に座っていると、名前を呼ばれても返事をしない人が多いことに気づく。無言で近づいて行くだけなので、その間、看護師さんは名前を連呼《れんこ》し続けなければならず、他人事ながら気の毒というか非効率的というか、んなもん一言「はい」と言ったら済む話じゃないかそれが大人の常識ではないかと病をおして憤《いきどお》る。が、その直後、財布を忘れたことに気がつき、慌てて廊下の隅で家に電話をかけていたところ、その最中に自分の名前を呼ばれて思わず動揺、返事もできず電話も切れず、結局、携帯電話で「お金、お金」言いながら看護師さんに向かって病院内を走る、という一番非常識な大人に成り下がる。

某日。高熱のため、寝たきり。とにかく寒い。布団を大量にかけたら、「うっかり元大関コニシキを殺したはいいが、その下敷きになって動けない」という夢を見る。うっかりは怖い。

某日。熱が下がらないので、病院へ。点滴中、看護師さんが検尿カップで水を飲む姿を目撃する。

某日。高熱のため、寝たきり。あまりに回復しないので、布団の中から知り合いの看護師さんにメールで医療相談。「四十代女性です。熱が長引き通院中ですが、それはそれとして、先日そこの看護師さんが検尿カップで水を飲んでいました。これは一般的なことですか?」「ご質問ありがとうございます。検尿カップは尿を入れた時点で検尿カップとなり、それ以前は『おそらく今後尿を入れられるであろう、検尿用と書かれた滅菌された紙コップ』であり、むしろ清潔すら感じます。従って彼女の行為は業界では日常茶飯事です」。寝ながらにして、医療業界の隠された真実を知る。

某日。熱が下がらないので病院へ。看護師さん二人の、「マツダさーん、マツダ〇子さーん？　あれ？　ねえ、マツダさん、診察まだだよね？」「まんだ」「だよね。ていうか、何で急に訛《なま》ってんの？　マツダさーん、どこかな？　マツダさーん」「だから、まんだ」「ん？」「マツダでなくてマンダ」という掛け合いを楽しむ。医療業界、新手のサービスか。

某日。熱が下がらないので病院へ。そこで、風邪ではなく、ウイルス感染症との診断を唐突に受ける。しかし医者が言うには、「日本人の九割方は乳幼児期に、そうじゃない人は若いうちに、主にキスなどによって感染する病気」だそうで、私の場合、当てはまる項目がまるでない。念のため、「じゃあ私は、フランス人の赤ん坊ってことでしょうか？」と尋ねたら、カルテが風圧でめくれるくらい鼻で笑われる。

某日。熱が下がり始める。「でも、しばらくは安静にね。仕事はいいけど、遊び歩いたり飲み歩いたりはしないように。あ、家事は大丈夫だから」。一瞬納得しそうになったが、先生、それは安静ではなく勤労ではないですか。

某日。医者の言うところの安静に励む。生きる厳しさを知る。

シラフの国のキミコ

そこは想像していたよりずっとしんとした世界だった。私が長年慣れ親しんできた、ふいに目の前がぐにゃぐにゃ揺れたり、突然記憶が失われたりといった混沌は、存在すら認められないようだった。住人は常に瞳に確かな光を宿し、誰もが真っ直ぐ歩き、そして始終同じ声のトーンで喋った。秩序に縁取《ふちど》られたそこを、人々はこう呼んだ。シラフの国、と。

私がシラフの国に籍を移したのは、今から三週間ほど前のことである。もちろん自分の意志ではない。体調を崩し、本復後も薬の影響か酒がまずくて仕方がないという不測の事態を経ての移住であった。

何かが変わったといえば、いえるかもしれない。シラフの国では時の流れすら、今まで暮らしていた泥酔の国のそれとは異なるからだ。夜は無性に長く、昼下がりのオヤツ回転寿司でも、寿司食べてお茶飲んだらもう暇だ。よそのオバチャンにビール奢《おご》られることもなければ、酔っ払いオヤジに、「しっかし水なら無理だけどよ、なしてビールなら何リットルでも飲めるのよ」と人体の不思議について問われることもない。その件については私も常々不思議に思っており、「ウーロン茶の出現前は下戸《げこ》の人は宴会で一体何を飲んでいたか」という問題とともに長年考え続けてきたのだが、どちらもついに答えが出ないまま、今はわずか十五分で着席から会計までの回転寿司作法をすべてこなす身になってしまった。

寂しくはない。昼間から一人でビールばか飲みする方が奇妙で、今が正常な生活だというのも知っている。それでも時々、私は思い出す。泥酔の国での長い年月のことを。冬道で転んだまま「ま、今日はここでいいか」と寝ようとしたところを、通りすがりの人に「死にますよ」と起こされた人情の夜を。点々と脱ぎ散らかした洋服と壊れたメガネを前に、昨夜の出来事を必死に推理する探偵な朝を。タクシーの運転手さんに「お客さん、この間も乗せましたよね。少し飲み過ぎじゃないですか」と真顔で指摘された夜明け前を。って、まあ書けば書くほどシラフの国に移住してよかったねという話だが、しかしあの日々もまぎれもなく私自身だったのだ。

その騒々しい場所にもう一度戻りたいかと問われれば、正直いってよくわからない。先日久しぶりに飲み会に行き、そこで今まで憧れていた『お酒、好きだけどダメなんです』と言って食前酒一杯でかわいらしく顔を真っ赤にする人」というのをやってみたところ、酒は確かにまずくてダメだが、まずいまずいと言いつつも我慢して飲んでいるうちに次第に味も量もわからんようになって、最後はでろでろに酔っ払って「顔、緑色だよ」とか言われたあげく気がつけばあんたもう朝、という事態に陥ったが、まああれは事故のようなものだろう。

結局のところ、私は何もわからないまま、ただ戸惑っているのだ。ここはあまりに静かで、その静けさが私を不安にさせる。遠くにぼんやりと影が見える。かすかに喧騒も聞こえる。おそらく泥酔の国だ。あそこへ私はまた戻るのだろうか。後悔と自己嫌悪の予感に怯《おび》えながら戻るのだろうか。そして、酒はそうまでして飲むべきものだろうか。知りたいけど、怖いのである。

その後

大方の予想通り、無事泥酔の国に帰国。住人は、らんらんと目を輝かしたり、かと思えばそれをたちまちどんよりと濁らせたり、真っ直ぐ歩くどころか満足に立てなかったり、突然大声で笑ったかと思うと次の瞬間涙ぐんだり、まあ相変わらず混乱していることである。

頭の中身が漏れ出る

あれは今年の節分の夜。齢《よわい》七十を過ぎた父がふいに言うには、「今年は豆まきをしよう」。何の冗談かと思いつつ見れば、父の手には購入してきたばかりと思《おぼ》しき殻付き落花生《らっかせい》が二袋、確かにしっかりと握られている。父の本気を前にして、私は言葉を失った。

もちろん私は年中行事を否定するものではなく、むしろその意義を積極的に認め、該当日には法律で昼酒を推奨すべきだと考える人間ではあるが、ついでにいえば当地では豆まきには落花生、赤飯には甘納豆を使用するのが一般的であって、父の買い物自体は正しいのだが、しかしこの歳になって一家で豆まきはどうなのか、とも思うのである。もともと芝居がかったことが苦手であり、幼稚園児の頃にはサンタクロースの扮装をした大人が「やあ、みんなよい子にしてたかな」などとプレゼントを配るのを見ただけで、「いやもうそういう茶番はいいから」と一人赤面していた身としては、いくら邪気払いといっても「おにはーそと！」と成人した身で唐突に叫ぶことには抵抗がある。しかも落花生は「赤鬼のお面」付きであり、そのコスプレ度の高さに羞恥心《しゅうちしん》はいや増す。

いつもの私なら迷うことなく断ったろう。が、私も道理のわかる大人であって、昨年立て続けに病気をした父の「何かを払いたい」気持ちを理解できないわけでもない。そこでしばしの逡巡《しゅんじゅん》の後、純然たる親孝行の一環として豆まきに同意したのである。私はおもむろに立ち上がり、落花生を手に取った。つられて母も取った。父はもとより取っている。あとは威勢よく豆をまくだけである。あるのだが、これがあなた想像以上に気恥ずかしい。そして気まずい。大人三人が顔見合わせて、ただモジモジしてしまう。言い出しっぺの父もいざとなると照れくさいのか、「ほれまいて。キミコまいて」と言うばかりで、自ら率先して邪気を払う気配は見せず、あまつさえ「鬼のお面つけたら？　キミコつけたら？」ととんでもない発言を繰り返す。普段なら「やってられっか！」と大暴れするところであるが、なにしろ親孝行である。覚悟を決めた私は、頭の中で「親孝行親孝行親孝行」と呪文のように唱えながら、父の言うまま赤鬼の面をつけ、鬼が豆まくって変だろと釈然としないながらも落花生を手に、なけなしの勇気を奮《ふる》って「おにはーそと！」と叫んだ。つもりがやはり動揺していたのか、なんと「おやこーうこう！」と頭の中身が漏れ出てしまい、すると驚いた両親が「何だ何だそれは何だ？」と騒ぎ出したあげく、苦し紛《まぎ》れの私の言い訳「いっ、今時の節分では一年の目標を叫ぶんだって」という嘘を丸ごと信じて、「じゃあお父さんは、健康ー！」「お母さんは、長生きー！」と俄然《がぜん》張り切りだしたため、私も話を合わせて「お金ー！」などと追加の雄《お》叫《たけ》びをあげているうちに、たちまち我が家は豆まきなのか七夕なのか、あるいは単なる欲望の館なのかわからない混乱に陥ったのだった。

あれから数日、今でもあの夜のことを思い出すと嫌な汗がでる。と同時に、両親が「目標、親孝行」の件を忘れてくれないかとも切実に思う。みなさまも年中行事にはくれぐれも注意されたい。

その後

さすがに「今時の」欲望豆まきは馴染《なじ》まなかったのか、翌年には廃止。ただし、豆まきの風習自体は残り、今年も大人三人もじもじしながら、「おにはーそと」と呟《つぶや》きつつ、ぱたぱたと豆をまいたのであった。

前略、父上さま

前略、父上さま。

同じ家に住みながら、こうしてあなたに手紙を書くのは、なにやら不思議な気がします。毎日顔を合わせているのになぜ？　と思うかもしれません。けれども顔を合わせているからこそ、言いにくいことも人にはあるのです。

「もういいんじゃないか」

お父さん、この言葉を私はずっとあなたに言いたかった。今朝も買い物に出かけるあなたの背中に、私は叫びたかった。「もういいんじゃないか」。でもできませんでした。忘れないでください。それは私があなたの理解者でもあるからです。

今日は日曜日ですね。あなたが入院生活を終えてから五度目の日曜日です。あの頃のあなたのことを、私はよく思い出します。年末・年始を病院で過ごし、ようやく帰宅した時の喜び。仕事に復帰した日の安堵。そして「正月なのに病院では餅が一個も出なかったの！　一個もよ！　正月なのによ！」となぜかオネエ言葉で何度も訴えずにいられなかった餅好きの無念。思えばあの頃は、家族みんなが笑顔でした。まさかこんなことになるとは、誰も思ってはいなかったのです。

水音が聞こえます。今、あなたは台所に立っているのですね。ここから直接見ることはできないけれど、私にはその姿がありありと目に浮かびます。買ってきた食材をテーブルの上に広げ、棚からひと抱えもありそうな大鍋を取り出す。あなたはそれをガスレンジの上に置き、それから下ごしらえにかかります。人参、大根、牛蒡《ごぼう》、蒟蒻《こんにゃく》、油揚げ。大量の食材を洗ったり刻んだり茹《ゆ》でたり。そう、私には見えるのです。台所で忙しく立ち働くあなたと、やがて出来上がる大鍋いっぱいの、つまりは家族三人が最低三日はかけなければ消費できないほど大量の雑煮《ぞうに》の姿が。なぜなら、過去四度の週末、あなたはまったく同じことを繰り返してきたからです。

お父さん、私は計算してみました。あなたが退院してから今日で三十一日目、そのうちの十六日間の夕食が雑煮でした。夜だけではありません。私とお母さんは、

「もったいないから」という理由で昼食もそれなのです。

一カ月で三十二食が雑煮。冷静に考えて、そんなに雑煮を食べるバカがこの世にいるでしょうか。いえ、もちろん私にはわかっています。あなたの餅好きも、自作の郷土雑煮をこよなく愛する心も、そして正月を餅なしで過ごした無念も。だからこそ耐えてきたけれども既に二月も後半、さすがにもういいんじゃないかと、私は思うのです。

お父さん、勇気をもって言います。とうに正月は終わりました。雑煮も今回限りにしませんか。もしこの願いをきいてくれるなら、先週、私とお母さんが昼食の雑煮を嫌々食べている時、自分だけ仕事場で寿司の出前をとっていたことは内緒にしておきます。二階の窓からは出入りする寿司屋の様子がはっきり見えました。これがバレたらどうなることか。

結婚生活、四十余年。お母さんの恐ろしさは私よりもあなたがよく知っていると思います。どうかご一考ください。

その後

入院することなく正月を迎えた今年は、「あんころ餅」「納豆餅」「雑煮」のゴールデン・トライアングルを形成し、時にはそれを同時に食べていた。納豆餅が主食で雑煮が汁物であんころ餅がおかずだそう。人の食生活に口出しするのは、どうかという意見もあろうが、でも、どう考えてもあんころ餅はオヤツではないですか、父上さま。

その後のその後

とにかく噛んで。

早春の婚活宣言

新しい車の購入を決めたので、これはなるべく早く、できることなら一両日中にでも結婚相手を探さねばならないのではないかと思い立ち、早速妹に告げると、妹は「あのー、意味がよくわかんないんですけど」と案外物わかりが悪いので、半ば呆《あき》れつつも外の雪景色を指さし、

「ごらん、この街を。三月を目前にして、まだ雪深いこの街を。目をそらしてはいけない。私たちはまぎれもなくここで生まれ、ここで育ち、そしてここで免許をとったのだ。ここで免許をとるということは、即《すなわ》ち雪および氷に覆われた冬道の運転を宿命づけられたということである。それは一つの悲劇といっていい。とりわけ車

後部の横滑り、いわゆる『お尻を振る』状態に陥った際の不安と恐怖はどうだろう。自らの意思とは無関係に動く車体に、人はおのれの無力を悟り、そして神に祈る。今すぐここがハワイになりますように。もちろん祈りは届かない。だが。だが、絶望する必要はないのだ妹よ。神は私たち姉妹に一筋の希望を与えた。何か。実家が金物屋。ああ、なんと甘美《かんび》な言葉か。実家が金物屋。何度でも繰り返したい。実家が金物屋。さあ妹よ、おまえも一緒に。『実家が金物屋』。……なぜ言わないかな。まあいい。とにかくこの幸運に私は今でも涙を禁じえない。とある冬、怯《おび》える私のために父は店から一箱の金物を取り出した。店で一番重い金物だというそれをトランクに積むとあら不思議、安定感が増して、スリップ回数が格段に減ったではないか。父は毎冬それを積みこんでくれた。私一人では到底持ち上げられない重さだからだ。そうして私は幾多の冬を乗り越えてきたのだ。今、新しい車が届こうとしている。これまでより大きめで中が広くて年寄りの乗り降りが楽な物にしようという当初の計画とは真逆の車だ。どうして逆になっちゃったんだろう。自分でもわからないが、しかし今回はカーナビという名の狐退治機も付いており、もう狐に化かされて道に迷う心配もない。すべては順調、何の問題もないはずだった。そう、父の神経痛を思い出すまでは。妹よ、おまえも知っているだろう。今冬、突如発症した坐骨《ざこつ》神経痛は、父の身体からかつての動きと力を奪った。ということはだ、いよいよ話は核心に入るが妹よ。あのとてつもなく重い金物を旧車から新車へ移し替える男手を私は失ってしまったのだ。かくなるうえは納車までのわずかな期間に、私を愛してやまない優しくも逞《たくま》しい男性と可及的速《すみ》やかに婚姻の約束を結び、『そうだ、コウイチさん、ちょっとアレを運んでくださる？』と腰の一つもクネクネしてみせるのが最も妥当な案であろうと、そういうことなのだよ妹よ」

と丁寧に説明してみせたらば、妹はしばしの沈黙の後、「お大事に」の一言だけを残して姿を消したが、一体どこへ行ったのか。もしや私の代わりにまだ見ぬコウイチさんでも探しに行ってくれたのか。心当たりがあるのだろうか。そうなのだろうか妹よ。

その後　新しい車は思ったより横滑りしなかったので、今もコウイチさんなしに頑張っています。

全部秘書のせい

私の勘では秘書が悪いのではないかと思うのである。何の話かというと、まずパソコンに繋いだプリンタが壊れたのである。正確には「自動紙送り」機能の「自動」部分だけがダメになってしまった。

自動部分がダメになるとはどういうことかというと、手動なら動くということである。すなわち本来ならば機械が高速で行う紙送り作業を、使用者自らが内部の様子を確認しつつ、一枚一枚手動で為《な》さねばならないということである。そうすれば今までの二十倍くらいの時間をかけて印刷が可能ということである。もちろん面倒ください。

面倒くさいと人はどうなるかというと、投げ出すのである。インターネットというのは便利なもので、たとえば初めて行く飲み屋の地図とか二度めだけれどもどうも場所があやふやな飲み屋の地図とかなんせ飲み屋の地図とか、そういった物をあっという間に教えてくれるのだが、今まではプリントアウトしていたそれらすべてを投げ出すようになる。道に迷ったら道で飲む！　と開き直るようになる。

開き直ると何が起こるかというと、数カ月ほどでインクが乾くのである。放置されたプリンタ内部で、インクの乾燥が静かにしかし確実に進む。気づいた時にはもはや手遅れとなっており、しぶしぶ新しいインクを買いに行くしか策はない。

しぶしぶ買いに行くとどうなるかというと、だいたい間違った物を買って帰るのである。プリンタのインクというのは同じようなパッケージにただ番号が振られているという、かつての銭湯の下駄箱を彷彿《ほうふつ》させるまことに紛らわしい作りになっており、あれは本当に酷い。信じて買った物が番号違いだとわかった時の絶望は、イカリングだと思ってかじりついたフライがオニオンリングだった時の衝撃にも匹敵し、ただガックリと膝をつくしかない。

膝をついた後はどうするかというと、重力に従ってそのまま横になるのである。横になって天井を眺めつつ、秘書について考える。この世の中のどこかにきっと私の秘書になるためだけに生まれてきた人がいて、彼もしくは彼女は今この瞬間にも私のために正しいインクを買いたくてウズウズしているに違いないと思う。私には、彼もしくは彼女の口癖さえわかる。「私にまかせてキミコさんは寝ていてください」。それで私は目をつぶる。あとは眠りながら秘書を待てばいいだけなのだ。
ところが、である。なぜかその秘書が私の人生になかなか到着しないのである。気がつけば三月も中旬、つまりは確定申告のシメキリが目前であり、なのにまったく姿を見せない。当然インクはますます乾き、必要書類は一切印刷できず、そもそも領収書の整理すら手つかずで、事態は非常に切迫している。もうどこから手をつけていいのかわからない。もちろんそれもこれも未着の秘書が全面的に悪いに決まっているのだが、ただその言い訳が税務署に通用するかどうか。今は少し不安なのも確かなのである。

その後

そんなに確定申告が嫌いか、とお思いでしょうが、嫌いです。

電話は正しくかけましょう

正しい電話のかけ方講座（留守番電話編）

一、「相手の番号を確認する」　事前に相手の番号を必ず確認しましょう。たとえ何か腹の立つ出来事があっても、感情のまま受話器をとってはいけません。特にあなた、旅行中の私の留守電に三日にわたって六件も間違いメッセージを残したあなた。あなたのことです。

二、「名前を名乗る」　名前を名乗りましょう。機械が相手でも同じです。いきなりため息をつくのは言語道断。想像してください。旅行から戻ると留守電には六件のメッセージ。しかしそれが全部同一人物による間違い電話だった時の「もしかして私友達いないの？」感を。そのうえ最初の再生が女性の深いため息と、「どうして携帯繋がんないのかねえ」という、いかにも痴話喧嘩始めました風のセリフだった時の憎しみにも似た脱力を。せめて名乗りましょう。あなたの録音三件目、「あたしだけど」は名乗ったうちには入りません。

三、「挨拶をする」明るい挨拶は社会の基本です。まずは、こんにちは。二件目のメッセージのように、「だーかーらー一体どういうつもりなの」と、接続詞から始めるのは一般的ではありません。

四、「用件は簡潔に」伝えるべきことは、あらかじめメモにまとめておきましょう。そうすれば六件もの間違い電話は防げます。なかでも三件目の「あたしだけど。前から何回も言ってるよね。携帯繋がるようにしといてって」というメッセージと、四件目の「携帯の電源入れといてって頼んだよね。しかも何回も。結局あたしの話なんて聞いてないんだ」は、ほとんど同じ内容なので一度で済ませましょう。

五、「脅迫しない」相手からの反応がないからといって、脅迫してはいけません。「あのー今日中に連絡とれなかったらスガヤさんにも連絡しますから」。痴話喧嘩において相手が丁寧語になった時の恐ろしさはまた別の機会にじっくり語るとして、またスガヤさんが何者であるかも別にして、脅迫で人の心は動きません。あくまで話し合いが大事です。ていうか、そもそもあなた番号間違ってるんですよ。

六、「話す」無言はいけません。電話かけてきて無言はダメだ。泣いてる気配とかもやめて。怖いし。

七、「わからない」確かに人の心は変化します。だからといって、沈黙の後、唐突にわかるのはいただけません。「もういいよ……わかった……そういうことなんだね」って、そのわかったは全然わかっていないのです。そういうこともそういうことではないのです。「もう電話もしないから」って、するがいいよ。正しいところにするがいい。

八、「報告する」大人として物事の始末はきちんとつけましょう。間違い電話も然り。あなたが一方的に「わかって」から約ひと月、その後どうなりましたか。別れましたか。それとも仲直りしましたか。ぜひ報告してください。それが大人というものです。もちろんスガヤさんからでも可。

その後

「携帯電話が繋がらない↓うろ覚えの家電《いえでん》にかける↓間違える」ということだったのかなあと思うが、真相は闇の中。スガヤさんからの連絡もなし。

闇組織の魔の手

組織に狙われている節《ふし》がある。キティ嫌いをキティ好きへと転向させるための闇組織である。彼らの活動はシンプルだ。あらゆる手段を使ってキティ嫌いのもとにキティグッズを贈り続ける。そうすることでキティへの拒否感を麻痺《まひ》させ、やがて愛情へとその感情を変化させることが目的なのだ。その組織に狙われている自覚がある。

なにしろ減らないのだ。キティ嫌いを公言しているにもかかわらず、友人から贈られるキティグッズが一向に減らない。最近も、「電卓付定規」と「4色ボールペン」と「メモ帳」をむりやり押しつけられた。なんだよ、電卓付定規って。定規に

電卓を埋め込んで、それでどうしろというのだ。確定申告の計算か。洗面台の幅を測って収納棚を買いに行けとかか。だいたい、あの電卓のちまちましたボタンを正確に押せる四十代がこの世に存在するとお思いか。

と、怒ってみても無駄なのである。受け取り拒否は許されず、忘れたふりをして飲み屋に置いて帰ろうとしても、必ず阻止される。阻止するのはたいてい贈り主である友人だが、時にお店の人の場合もあって、お店の人は「忘れ物ですよ」と私にキティを手渡しながら、決まって友人の顔もちらりと見る。それが組織員同士の合図であることは、私にはもうわかっている。彼らは目だけで語る。「このバカまだキティ様を嫌いとか言ってんすか」「言ってんすよ」「そらダメだ、ばんばん贈っちゃって下さい」「了解っす」。組織は市井《しせい》の奥深くまで入り込んでいるのだ。

それゆえに彼らへの抵抗は容易ではない。否、正直に言おう。私にはせいぜい五歳の姪にキティグッズを押しつけることくらいしか抵抗の術《すべ》がない。闇組織との闘いに幼児を巻き込むことの是非は別として、目の前からあの猫が一つ消えることの意義は大きいのだ。今日はメモ帳をプレゼントした。姪は喜んだ。ふだん我が家へやってくるとまず私の部屋を覗き、「何してるの？」「お仕事だよ」という会話を楽しんだ後に茶の間に戻り、「おばちゃんゲームしてた」と人々に報告する悪癖《あくへき》を持つ彼女であるが、本日ばかりは様子が違った。もらったメモ帳にその場でなにやら書き始め、やがてそれを嬉しそうに差し出してきたのである。見るとそこには五歳児なりの渾身《こんしん》の技術で、キティの絵および「おしごとしてね」の文字が書かれているではないか。そして彼女は命じたのである。「これ、机のとこに貼っといてね」キティと仕事。人生の二大苦手を常に目前に掲げよという姪の言葉に、私は動揺した。それは何か。どういうことか。もしや闇組織の指令なのか。ということは姪もまた組織の一員なのか。いや、世の中には仕事嫌いを仕事好きへ転向させる別組織があって、あるいはそちらのメンバーなのか。果てしない疑心暗鬼の中、しかし抵抗運動だけは続けるのである。

その後

現在、姪はポケモンに夢中。何の組織の一員でもないことがわかって安堵したが、ますますキティは溜まるばかり。

泥酔で痛む心

つらい時には空を見ると心が晴れる、という類《たぐい》の話は真っ赤な嘘である。
たとえば二日酔《おほ》い。猛烈な喉の渇きと頭痛の中で目覚めると、床一面に昨夜自らが放り投げたと思しき衣類と荷物が散らばっている。見つめる自分の息が苦しいのは、首に巻いたままのバスタオルが寝返りのたびに喉を絞め上げていたからだ。風呂上がりに自分で巻いた。ただし記憶はない。タオルの記憶も風呂の記憶も、さらにいうなら、帰ってきた記憶も、タクシー代を払った記憶も、そもそもタクシーに乗ったかどうかの記憶もない。考えるとなにやら恐ろしくなって起き上がろうとするも、頭を上げた瞬間に吐き気が襲う。目を閉じて耐えるうち、今度は下着を着け

ていないことに気づく。一体これは何か。飲酒中に靴下が片方なくなることはよくあって、それも大人としてどうかと思うが、穿《は》いていたはずのパンツがないとは人としてどうなのか。もしやあれかここには書けないそういうナニのアレなのか。狼《ろう》狽《ばい》の中、とりあえず這うように茶の間へ行くと、母親が開口一番「あんたトイレにパンツ落ちてたよ」と教えてくれる。自らの名誉のために説明すると、そのパンツというのは入浴後に穿こうと準備した洗濯済みの物で、泥酔の果てにトイレで脱いだわけではない。だからどうしたと言われると困るが、いずれにせよ私はいつかこの飲酒風呂癖で死ぬだろう。風呂で死んでも湯灌《ゆかん》って必要？　などと考えながら台所で水を飲み、ついでに鏡をのぞくと、そこには異様にむくんだ女の顔。まるで負けの込んだ朝青龍か徹夜明けの石破茂《いしばしげる》氏のよう。その衝撃に、再び布団に潜り込んで眠る。目が覚めて水を飲み、また眠る。少し元気になってゲームもする。ただし寝転がりながらの長時間ゲームは頭痛と吐き気を助長するため、頃合いを見計ってやっぱり眠る。ゲームして眠ってゲームして眠って水飲んでゲームして眠る。それを延々繰り返す。時間とともに身体が回復するのはいいが、気持ちの方も正気に戻り、「諸君、こういう人を何ていうか知ってるかね？」「はい博士、町のダニです」というような問答がやがて頭の中に響き始め、私の心の繊細な部分を圧迫するようになる。声は徐々に大きくなり、ついには耐えきれず布団を飛び出す羽目になるが、しかし時は既に夜なのである。夜。手遅れ。一日が無為に終わろうとしているのだ。

それでどうするかというと、夜なので晩酌用の酒を買いに行くしかないのであるが、その時である。その時、繊細な心の痛みを胸に「ダニの人生か……」などと思わず天を仰ぐと、仰いだ空には月が輝き、星が光り、即《すなわ》ち宇宙があり、となると宇宙ステーションも存在し、ああそしてそこでは自分と同い年の若田光一さんがなにやら立派に働いているのだと思った瞬間、なぜか唐突に死にたくなったりするので、人は断じて空など見上げてはいけないのである。前だけ見て酒買いに行け。

その後

最近、さすがにここまで酔う体力はなくなった。歳をとるのもいいものです。

神と化した卵たち

　君たちが我が家へやってきた日のことは今でもはっきり覚えている。冬の午後だった。母と二人、たまたま訪れた店で初めて君たちに出会ったんだったね。偶然という意味において、それは不幸といえばいえるかもしれない。なにしろ君たちは「サービス」だった。覚えているだろう、セーターを二枚買った我々に向かって、お店の人がカウンターの下から君たちを取り出して言ったんだ。「これはサービスです」
　もし世の中に「意図のつかめないサービス選手権」があるとすれば、君たちは間違いなく上位に入ると思う。私もわりと長いこと生きているけれども、セーターのオマケに卵を差し出された経験はなかったからね。「た、卵ですか?」と思わず私は言ったよ。お店の人は自信たっぷりにうなずいた。「LLサイズ、生です」。私は君たちを手にとってじっと見た。確かに君たちは立派だった。茶色くてつるつるしていて六個がよりそうように一つのパックに収まっていた。世が世なら食料品売り場で独り立ちだってできたろう。どこぞの若妻に買われて朝食の目玉焼きとなり、黄身をぷるぷる震わせたり白身の端をへげへげにしては、「今日も美しい目玉焼きだね」「あら、私より？」「そりゃおまえの方が」「……やだ朝からどこ触ってるの」などということになっていてもおかしくはなかった。君たちに何があってサービスの人生を歩むことになったのか、運命というにはあまりに過酷すぎると今も私は思うよ。

それでも君たちは我が家にやってきて、私は嬉しかった。その気持ちに嘘はない。ただださらなる不幸があるとすれば、君たちが現れてすぐに新しい年を迎えねばならなかったことだ。冷蔵庫はたちまち正月の食料品でいっぱいになり、君たちは必然的に聖域に追いやられてしまったね。聖域というのは冷蔵庫の最上段の一番奥、背の小さい私がどんなに手を伸ばしても決して触れることのできない場所だ。ただ遠くから拝するのみ、否《いな》、手前にうどん玉でも置かれたら目にすることすらかなわない場所。そこに君たちはひっそりと身を置いた。周りをご馳走に囲まれ、みるみる存在を忘れられ、気がついたら賞味期限を四百五十日ほども過ぎた生卵となることも知らずに。
猫は長生きすると猫又《ねこまた》という妖怪になるという。ならば卵は何になるのだろうね。私は神様になるんじゃないかと思う。神様になって未来永劫、最上段の聖域に鎮座ましますんじゃないかと。先日、一年数カ月ぶりに会った君たちのあまりに変わらぬ外見はそう信じさせるに十分だったよ。サービスでLLサイズで新鮮な生卵から、神様へ。なんと素晴らしい僥倖《ぎょうこう》か。私はこれからも君たちには触れないよ。だから君たちも動いてはいけない。何かの拍子に落ちるとか絶対やめて。割れるなんてとんでもない。ただ静かにそこにいてほしい。神様とはそういうものなんだ。

その後

神様は今もおわします。

その後のその後

捨てました。罰《ばち》当たりと呼んでください。

脳内姑との死闘

「今日の問題」

一日をぼんやり過ごした夕方、ドラマの再放送を見ながら、「人間何一つ働かなくとも腹は減る。実に不思議なことだ。神様というのは本当にいるのではないか」と深遠なる存在に思いを寄せている時に、突如インターホンが鳴る。おや誰かしらと見ると、そこにはとなりの奥さん。奥さんは大変いい人で家庭菜園の野菜を毎年我が家へ大量にお裾《すそ》分けしてくれる。私は夏になると窓からその庭を見て、「いつもありがとうございます。でももう十分です。ええ、十分ですけれども、その右隅に植わっている私の大好物のとうきびはそろそろ収穫時ではないですか」と感謝を捧げるのを日課としているのだが、この時期の訪問は珍しい。一体何事かしらと訝《いぶか》る私に奥さんはつい先程まで海で泳いでましたというような新鮮カレイを差し出し、「もらい物だけど、これ煮付けにでもして」と笑顔を見せる。ああ本当にいい人だ、このご恩は決して忘れません、いつぞや漏れ聞こえてきた夫婦喧嘩も絶対他言しませんと、伏し拝むようにして受け取りさっそく捌《さば》こうとする私。

しかしこれが新鮮なだけあって、非常にぬるぬるしていて手強いのである。私の心を弄《もてあそ》ぶかのように俎板《まないた》の上でつるりぬるりと身をくねらせ、しかもぬめりを取る知恵は私にはない。力業で臨んではいたずらに切れ目を増やし、時間ばかりが過ぎる。そうこうしているうちについには脳内姑が登場した。

脳内姑は十年くらい前から、私が料理で失敗するたびに現れては、「こんなに汁っぽい煮物はどちらの郷土料理？　それともお味噌汁？」とか「ずいぶん濃い味付けだこと。調味料もさぞかしたくさん必要なんでしょうね。息子のコウイチが一生懸命働いたお金で買った調味料が」といったイヤミを頭の中でネチネチ繰り出す存在で、この日も登場するやいなや「あらあら、せっかくのカレイが台無し。お母さまは何も教えてくださらなかったの？　お里ではメザシばかり召し上がってたのかしら」などと私をせせら笑う。ちなみに私に結婚経験はなく、脳内姑の成分は百パーセント昭和の昼ドラだ。声は淡路恵子。これが怖い。十年の熟成期間を経た脳内姑の迫力に、私は危うく涙ぐみそうになる。「私のことだけならまだしも実家の母まで悪く言うなんて。母さんは女手一つで立派に私を育ててくれて、なのにやっと私の結婚が決まったその日に事故で……」って、まあ本物の母は朝から友達とどこかへ遊びに行ったきり夕飯も食べるんだか食べないんだか、全然帰ってきやがらないのだが、とにかく私は焦り疲労する。それを見透《みす》かしたかのように激しさを増す脳内姑のイヤミ。力を入れれば逃げ、入れなければ切れないカレイ。両者に追い詰められながらも、ぬるぬる相手に必死に勝負を挑み、負け、挑み、負け、いやもうほんと血管切れそう。「お義母さま、私ちょっと頭痛が」「まあ私の若い頃はお産の前の日まで畑に出てましたよ」という死闘の結果、ようやく出来上がった煮付けにミリンと間違えて酢を入れちゃったけれどもまあいいや、とそのまま家族に食べさせた場合、はたして私は被害者でしょうか、加害者でしょうか。それとも気の毒な昭和の嫁でしょうか。

その後

脳内姑はますます元気。最近はパワーアップしてきて、「これはあなたのためを思って言っているのよ。かわいいあなたがよそで恥をかかないため、敢えて私が悪者になってあげてるのよ。それを何よ、原稿に書いたりして。まるで私が楽しんで嫁いびりをしているみたいじゃない。そんな暇があったらお掃除の一つでもしなさいな。ほら埃《ほこり》、こんなにひどい埃の中で暮らしてコウイチが病気になったらどうするつもり。あ、それとも保険金狙いかしら。あなたもしや保険金目当てに恐ろしいことを……ああ大変大変、コウイチの保険の名義を変えなくちゃ」などと非常にうるさい。ちなみに脳内夫のコウイチは一度も間に入ってはくれず。

その後のその後

テレビで淡路恵子を見ると、今でもドキリとします。

暴君、ここに死す

とうとう我が家のＤＶＤレコーダーが壊れた。録画もダメなら見るのもダメ。どんなディスクをどう入れても「んー？」と三十秒ほど考えた後、「べー！」と吐き出すようになってしまった。購入からまだ四〜五年。驚きはするが、未練はない。ヤツとはもともと相性が悪かったのだ。

思えばヤツにははなからやる気というものが欠如していた。電源を入れてもすぐには働かない。「あー？　俺ー？」といかにも嫌そうに起き出し、三十秒ほどかけてゆっくり体を動かす。起動待ちの三十秒は長い。私が闇の勢力に捕まり、「十秒以内にＤＶＤ録画を行え。さもなくば人類を滅ぼす」とか脅されていたらどうするつもりなのか、と思うくらい長い。起動後はさらに三十秒かけ、ディスクを呑み込むべきかどうか「んー？」と思案する。ここまでで計一分。人類が六回滅亡している。もちろん呑み込んだ後も油断はできない。そのまま動かなくなることがままあるからだ。

怠け者でのろまで気まぐれで人を待たせることを何とも思わぬ薄情者の機械。考えれば考えるほどそれは初期不良ではなかろうかと思うが、当時はそうは感じなかった。なにしろ相手は機械様である。私は機械様のおっしゃることは無条件に信じるウブな女で、この前もカーナビ様に従って車を走らせたところ、どんどん人里離れた場所に連れて行かれたあげく、とても市内とは思えない荒涼とした原野でいきなり「目的地周辺です。案内を終わります」と放り出されて泣いた。怖かった。

そんな純情な私であるから、当初は自分ばかりを責めていた。私が機械音痴だから悪いのよ説明書を読まないから悪いのよ乱暴だから悪いのよ焼酎の梅割りとか親父くさい酒飲みながら見ようとするから悪いのよ、だからお願いせめて働いて。恥も外聞《がいぶん》もなく懇願《こんがん》し、顔色をうかがい、機嫌をとり、そして結局は幾度も裏切られた。ヤツに真心が伝わることはなく、やがて私は愛想をつかした。ヤツに振り回され、見たくもない「スペイン語講座」を録画する生活にはうんざりだった。「もうあんたには何も期待しない。二度と顔も見たくない」。昨日まで視聴できたディスクを「規格外です」と鼻で笑われながら吐き出された夜、そう冷たく別れを切り出したのである。

だから最初にヤツの死亡を確認したのは、私ではなく姪であった。持参したポケモンDVD『ポケットモンスターったら子供相手に弁当箱から映画までがっぽり儲《もう》けてうほうほ大作戦ね（仮名）』を見ようとして、既にヤツがすべてのディスクを受け付けなくなっているのを発見したのだ。電源は入る。三十秒かけてトレイも開く。しかしそれだけ。何をセットしてもただ「んー？」「ベー！」を繰り返すだけの機械にヤツは成り下がっていた。「暴君も最期は哀れよのう」。つぶやきながら今も時々私はそこに紙切れなどを載せてみる。ヤツはそれも懸命に「んー？」と読み取ろうとする。その健気さが最初からあったなら、と少し胸が痛くなるが、しかしすべてはもう手遅れなのである。

その後

暴君の死後、未だ無録画機器時代が続いている我が家。常にリアルタイムでの視聴に臨むようになったため、今の私は、昭和の教育評論家に袋叩きにされそうなくらいのテレビっ子。

ニシンはすべて知っている

父が魚を、二尾もしくは二切れ買ってくる。もう三度目だ。近所の魚屋に一人で出かけ、一人で選んでくる。今日はニシンだった。いつの間にか冷蔵庫にニシンが二尾並んでいた。もちろんそのこと自体に文句はない。ありがたいとすら思う。ただ、違和感は残る。三人家族なのになぜ二尾なのか。誰の分が足りないのか。もしや私か。とすると私は死んでいるのか。二週間ほど前飲んだ乳酸菌飲料、賞味期限が六日ほど過ぎていたあれが原因で私は死に、今我が家は本当は二人家族ではないのか。そんな気持ちにふと襲われる。

馬鹿げているとは思う。そもそも六日遅れの乳酸菌飲料など、数年前の大掃除で出てきた昭和のおかきに比べれば何の問題もない。おかきは一枚食べた時点で食品というより埃《ほこり》の味がしたため、念のためにもう一枚食べてから破棄した。それでも元気だ。今回の乳酸菌飲料の件にしても何の異常もなかった。変わったことといえば、せいぜい昨夜、晩酌用の魚肉ソーセージが消えていたことくらいである。あれは不思議だった。つまみ要員のソーセージ三本セットが一夜にして冷蔵庫から忽然《こつぜん》と消えていたのだ。一体どこへいったのか……と考えた瞬間、ハッとする。やはり私は死んでいて、遺されたソーセージは両親が処分してしまったのではないか。娘の求めたささやかな幸せと、結果としてその幸せを奪うこととなった娘自身の意地汚さを正視することに耐えられず、隣の犬にでもやってしまったのではないか。

そういえば、と私はふいに思い出す。部屋の前に焼酎が一本置かれていたこともあった。二、三日前だったか、夕方私が外出から戻ると家の中は無人で、しかしひと気のない廊下にぽつんと焼酎だけが立っていたのである。その意外性というか唐突さに当時は困惑すら覚えたが、なるほどあれはお供え物だったのか。そう考えると合点がいく。いってる場合じゃないが、いく。ドアの前で事切れた自分がありありと思い浮かぶ。

さらに私は記憶を探る。焼酎を置いたのは父で、「知り合いにもらったから、あんたにあげる」と言っていた。しかしはたしてそれは本当に父の言葉だったのか。もしかすると、死んだことを認めたくない私が勝手につくりだした偽の記憶ではないのか。あの焼酎がまだ手つかずなのは、「とっておき」にしたためではなく、単に肉体がなくなって手出しができないためではないか。思えば昨夜から誰にも会っていない。私はこの家でずっと一人だ。それは両親が早起きして私の起床前に外出したせいではなく、此岸《しがん》での私の意識が薄まっているからではないか。そんな馬鹿なと思う。思うけれども、考えれば考えるほど何かに絡めとられるように現実と自分が不確かになり、考えるのをやめられない。

気がつけば午後ももう遅い。まだ家に私は一人だ。そろそろ夕飯の支度を、と私の中の理性が言う。が、ニシンは二尾なのである。何度見ても二尾。三人家族なのに、二尾。キラキラと鱗《うろこ》を光らせて横たわるそれを前に、私は途方に暮れる。自分が生きているのか死んでいるのか、この魚は知っていて、しかし私にそれを確かめる勇気はまだないのだ。

その後

先日、二度続けて近所のドラッグストアの自動ドアが開かなかった。乗っても跳ねても足踏みしてもダメ。困惑していると、後から来た小学生が難無く開けた。やはり死んでいるのかもしれない。

その後のその後

父親が買い物に行かなくなったので、無事生き返りました。

届かなかった罵声

妹はずっと悩んでいた。あるいは意気込んでいた。毎日のように彼らのことを考え続け、彼らに初めてかけるべき言葉について思案してきた。彼らとは一年ほど前、向かいのマンションに越してきた、若い三人組のことである。

彼らの特徴はうるさいこと、ただこの一点に尽きる。夏の駐車場花火騒ぎという突発的うるささもあるが、なにより車が恒常的にうるさい。風呂屋の煙突みたいな改造マフラー二本を装着した爆音車で、深夜十二時過ぎに毎日出かけていく。しかも冬の間は三十分のアイドリング。このアイドリングが神経にさわる。北国の二重サッシ窓をもってしてもちゃぶ台ひっくり返したくなるほどの騒音なのだ。

その件に対し、妹は非常に腹を立てていたのである。彼らにも腹を立てたし、彼らのとなりのマンションに住む怖い兄さん、この人は些細《ささい》なことで窓から身を乗り出し、「うっせーぞ、オラ！」とあたり構わず怒鳴りちらす性質を持つのだが、彼が冬の間家を空けていたことにも腹を立てていた。「今こそ怒鳴れよ！ 何のためのヤ×ザだよ！」という言い分であり、まあそれは確かにそうだけれども、彼も職業上どこかへオットメに赴いたのかもしれず、無理は言えない。そこで妹は仕方なく、三人組を黙らせるためのセリフを自力で考え続けたのである。

最初が肝心、というのが妹の信念であった。短く効果的で反論の余地のないセリフ、それを出合い頭にガツンとぶつけて今後の展開を有利にする。妹はそう言った。が、事態は簡単には進まない。好戦的にいくか、皮肉をとばすか、あるいは警察権力を持ち出すか。様々なパターンを考え、しかしこれといった決定打は浮かばず、さらに生活時間の合わない三人組と遭遇する機会もないうちに、とうとう冬を越えてしまったのである。冬を越えるとアイドリングは収まる。あのアイドリングさえなければ、騒々しい排気音は一瞬である。もしかすると不満は不満としてこのままズルズルといくのかと諦めかけた矢先、しかし運命は妹を見捨てなかった。彼らとの念願の初邂逅《かいこう》を果たしたのである。

春の休日の午後だったという。散歩に連れ出そうとした飼い犬が妹の隙《すき》をついて逃げた。その時、慌てる妹より先に犬を追い、大通りに飛び出そうとしたところを捕まえてくれたのが、あの三人組だった。犬を抱いて妹のもとへ近づいてくる彼ら。瞬間、今まで考え抜いた数々のセリフが頭の中をめぐった、と妹は語る。あんたら毎日うるさいんだよ。夜中にエンジンふかしてバカが。いつかマフラーに梨詰めるぞ。用意していた罵声《ばせい》のどれか一つ、いやいっそ全てぶちまけてやろうと身構えたともいう。だが結局、実現はしなかった。夢にまで見た彼らとの初会話、犬を受け取った妹は頭を下げてこう言うしかなかったのである。「どうもありがとうございます」

これは負けじゃないよね、と妹は今も遠い目をして言う。もちろん負けに決まってるが、私は黙ってうなずいてやる。それだけ妹の絶望は深いのだ。

その後

辛抱強く続けた観察により、若い三人組の内訳は「一組の若夫婦」と「夫の友達」であり、さらに「夫の友達」は夫婦の家に始終入り浸ってはいるものの、どうやら一緒に暮らしてはいない。ただし平日は毎晩六時過ぎに決まって爆音車でやってきて、真夜中に爆音とともに消える。週末は必ず泊まる。夫は昼間はずっと家にいるが、妻は毎朝どこか仕事に出かけていく。三人揃って雪かきが嫌い。ということがわかった。ただし、わかったからといって妹の負けは覆《くつがえ》らない。

その後のその後

三人組もヤクザも越して行ってしまった。今は町の移り変わりを見守るお地蔵さんのような気持ちで、新しい住人たち（これまた雪かきしない）を眺める私。

空にのぼった犬

私事で恐縮だが、というか私事以外を書いたことはないので今更だが、飼い犬が死んだ。若いころはとにかく落ち着きがなく、あらゆる手段を使って脱走しては、近所をうろつく犬だった。列車がやけに警笛《けいてき》を鳴らしていると思ったら、それはうちの犬が線路でウ×コ中。どこぞの犬が激しく吠えていると思えば、やっぱりうちの犬が領土侵犯中。なにやら怒鳴り声がすると思えば、うちの犬がスコップ持ったよそのじいさんに追いかけられ中。捜索と謝罪に疲れ、「軽く車にぶつかったら懲《こ》りるかも」と話していた冬の日、本当にスリップした車にはねられた時には、しかし懲りるどころか、驚きのあまり全速力で走り去って、夜中になるまで戻らなかっ

た。

その犬が、老いと病には勝てず、夜更けにひっそりと息絶えたのである。昼間には、ふらつく足で自宅と隣の妹の家の周囲を見回っていた。オペラなんかでは瀕死《ひんし》の病人が突然アリアを歌ったりして、「あんた今安静にしてたら、あと一週間は生きられる」と思うが、まさにそう声をかけたくなる姿であった。いや実際声をかけたが無視されて、犬は最期のパトロールを続けた後、よろよろと住処《すみか》である父の店に帰り、それきり力尽きたように動けなくなった。そして死を待ったのである。

亡骸《なきがら》は最初、家の横手の庭に埋めようかと考えた。木陰があり、季節の花が咲き、いつでも飼い主の声が聞けるからだ。ただし問題が一つあって、それはよその家の庭なのだった。私としてはそれでも一向に構わないが、庭の持ち主が構うだろうとの意見もあり、結局、段ボールの棺に寝かせて、翌朝、動物霊園に運ぶことにしたのである。

その段ボールは父が組み立てた。犬が病気になって父の店で暮らすようになってから二年あまり、一番多くの時間を一緒に過ごしたのは父である。組み立てながら、「また十月か。父ちゃん、十月には必ずなんかあるんだよな」と、寂しそうにつぶやいた。「なんかって何?」、妹が尋ねると、ここが父の底力なのだが、「猫が死んだのもそうだし、ゴルフの大会で初めて優勝したのも十月だし」と、明らかに慶事も混じっているのだった。父の心の中にある思い出箱の分類、その基準の大雑《おおざっ》把《ぱ》さに改めて驚きつつ、みんなで亡骸の世話をした。泣きも笑いもした。「俺は一番そばにいたから、こいつのサイズはよくわかってる」。そう威張って父が作った段ボール棺は、しかしその基準もやはり大雑把で手足がはみ出すのだった。さっきまで温かかった犬の体は冷たく硬くなっていて、もう曲げることはできなかった。

翌朝は晴れていた。柴犬の母親が子牛と浮気してできたんじゃないかと、主に私にだが噂されるくらい大きかった犬は、死んだ後もやっぱり大きくて、妹と二人、苦労して車に乗せた。火葬場は山の中にある。空を見上げた。紅葉の映《は》える煙突から不意に煙が上がったと思ったら、それはうちの犬で、でも夜中になってももう帰って来ないのだった。

その後

動物霊園のお坊さんというのはいつも非常に丁寧な物腰で、我々に対しては深く頭を下げ、沈痛な面持ちで悔やみを述べ、焼香をすすめ、もちろん死んだ犬にも礼を失することなく、優しく顔を覗き込み、敬称つきで名前を呼び、懇《ねんご》ろにお経をあげ、最初から最後まで一瞬たりとも表情を緩めず、火葬場への見送りも実に丁重《ていちょう》で、動物相手にいろいろ思うところがあろうに本当に偉いもんだなあと感心するが、最後に渡された請求書を見て、なんかいろいろ納得する。

あとがきに代えて
——北大路公子、とある冬の一日[*1]

05/15 顔が痛くて目が覚める。正確には「寒さで顔が冷たくて目が覚める」のだが、築三十年近い我が家、そのような弱気はいずれ凍死を招くような気がして、「痛い」と思い込むことにしている。ストーブのスイッチを入れ、再び布団に潜り込む。暖かい。と同時に酒臭い。昨夜は遅くまでビールを飲みながらテレビでアメフトの試合を見ていた。私は怠け者で飲んだくれでホラ吹きで携帯電話の料金をすぐに滞納するいただけないタイプの人間であるが、唯一「ルールがわからないスポーツでも延々その試合中継を見ていられる」という長所を持つ。その長所に導かれるままちんぷんかんぷんのアメフトゲームを長年見続けた結果、数日前、突如天啓にうたれたかのようにルールの全体像を把握したのだ。それが嬉しくて昨夜も夜更かしをしてしまった。夜中、この本の担当編集者であるMさんからメールがきて、

「夜分すみません。そろそろ本のあとがき原稿を」「今テレビ見てるの。青が強いです」「青って何ですか?」「青い方が勝ってるんだよ」というやりとり後、「何かと思ってテレビ欄確かめたら、まさかアメフト見てるんですか! しかも再放送って! こんなの見てるの日本で六人くらいしかいませんよ! あんたテレビ見すぎ!」と突然キレられた恐怖も、よけいな飲酒に拍車をかけた。おかげでまだ全然酒が抜けていない。それにしてもアメフトは試合時間が長すぎる。朝方までくたくたになって観賞した結果、どれだけ楽しみにしていた取り組みであろうと、ちょっと右向いて左向いてる間に終わる相撲の刹那的魅力[*2]の方が私には向いていることがわかった。もっと早くわかると寝不足にならずに済んでさらによかったと思う。

07/52　二度寝より起床。部屋はほどよく暖まり、三度寝もできそうな雰囲気に満ちていたが、ただならぬ殺気を感じて飛び起きる。慌てて窓の外を見ると案の定、大量の雪。私くらいのベテラン北国在住民になると、気配だけで降雪の有無、雪かきの必要性、その所要時間までを察知できる。これはもう一種の剣豪と思ってもらって構わない。剣豪の動きは速い。除雪三十分コースと見当をつけるや否や、十年物の上着を着込み、中学時代の通学マフラーを巻き、高校時代のクマさんの手袋(ミトン)をはめ、これは新しいが三百円の帽子を被り、「染みない・滑らない・冷えない・おしゃれ長靴雪かきに最適！」のおしゃれ長靴に足を入れ、蛍光色に妖しく光るスコップを脇構えに外へ飛び出す。するとそこは思った以上の積雪と地吹雪。「キエイッ！」。しかし剣豪いささかも動じず、気合もろとも新雪と対峙、次々と暴れる敵を足下の融雪機に追いやる。怖いものなど何もない、奴の動きは見切った。が、そう確信した瞬間、激しい強風が雪を高く舞い上げ、たちまちのうちに視界を奪う。「うぬう……太刀筋《たちすじ》が読めぬ」。思わぬ反撃に動きを止めた剣豪は、全身から青白い殺気をゆらゆらと漂わせつつ、ただ微かに光るおのれの蛍光スコップをしばし見つめるのみであった。

08:17 という剣豪ごっこにも飽きたので黙々と雪かきに励む。雪かき中の娯楽としてはこの他にも、「都会で女優になると言って家出した娘が夢破れて故郷に帰って来たものの、家に入る勇気がなく、かといって男に捨てられ行くあてもなく、とりあえず老人だけでは行き届かない家の雪かきをしながら過ぎた時と人生と老いた両親とを思う」という「キミコ夜明けの帰郷ごっこ」などがあるが、いずれにせよすぐ飽きる。いつか雪が降らない国に住みたい[*3]。

08:47 母と二人で朝食。どこそこの奥さんが亡くなったとか、どこそこの旦那さんが風呂場で倒れて家族にも気づかれないうちに死んじゃったとか、非常に景気の悪い話を聞かされる。「それがみんなお母さんより年下の人なのさ。お母さんも一体いつまでこうしていられるかね」。母がしみじみ悲しげにつぶやいたので、「そんなこと言わないで、もうちょっと元気でいてよ」と励ますと、なぜか突然キッと顔を上げ「え？　ちょっとかい！　ちょっとでいいのかい！」といきなり問い詰められた。デリケートな年頃の家族と暮らす難しさを知る。

09:32　仕事のため部屋に戻る。ところがドアを開け、電源の落ちたパソコンや敷きっぱなしの布団を目にしたとたん、身体と心がちぐはぐな感じにとらわれる。何か大切なことを忘れているような、あるいはとてつもなく間違ったことに取り掛かろうとしているような。一体これはどういうことだろう、どこか具合でも悪いのだろうか、それとも私は実は事故で記憶をなくしてしまった王女様でその記憶が今まさに蘇《よみがえ》ろうとしているのだろうかなどと、あれこれ考えを巡らせた数分後、ようやく違和感の原因を探り出す。「眠い」。ただでさえ雪かきという作業は、次の雪が降った時点で、あるいは春になった時点ですべてが無に帰する空《むな》しい行為でありながら、達成感だけは人並みはずれている。雪かきの「一仕事終えた感」はものすごい。それなのにまだ本来の仕事が手付かずであることの不条理。おまけに寝不足。そして満腹。これは眠くなるのが自然の摂理というものであって、人がどうこうできる問題ではない。

11/47 午前中にしてすでに本日三度目の目覚め、という快挙達成。毎回思うが、昼寝は存外体力を使う。起き上がろうにも頭が重く、布団に横たわったまま昼食の算段に取り掛かる。「昼食案一、素麵《そうめん》。長所・手軽で簡単。いかにも昼食という軽やかさが、午後からの精力的活動を予感させる。短所・見た目が寒い。食感も寒い。適量がわからない（私の場合基本的に一度に四把《わ》ゆでるが、食べても食べても全然満腹にならず、これはもしや食べ物ではないのではないかと薄ら怖くなる）」「昼食案二、サッポロ一番塩ラーメン。長所・手軽で簡単で温かい。短所・投入する卵について高度な判断を求められる（月見にするか卵とじにするかゆで卵で行くべきか。そしてそれはおのおのいくつまでの投入が『普通』であるのか。非常に難しい問題である。個人的な昼食に普通を求めることなど無意味だ、という考えも当然あろう。しかし日々の暮らしの中で、普通であることの幸せをまず我々は感じなければならない。何が普通で何が幸せなのか。それがわからなければ、特別であることの意味も不幸の形も見ることはできないのである。まず卵。ラーメンに投入する卵の数の常識を知り、それを理解することの喜びを得る。そこから人は何かを学んでいくべきなのだ）[*4]」「昼食案三、回転寿司。長所・旨い。短所・出かけるのが面倒であると同時に、昼酒の確率が格段に上がる。ただし回転寿司での昼酒は、周囲の働く人々を眺めて『世の中こんなに働いている人がたくさんいるから私は怠けていても大丈夫』という安心感ももたらす効用もある。働き者が多くて日本も安心[*5]」

12:07　昼食。カップ麺。卵なし。易きに流れた、と思ってもらって結構。

12:45　仕事。特筆すべき愉快なことなど何もなし。心なしか暗い気持ち。

14:20　飽きてゲーム。

15:02　それではいかんと仕事。

16:20　突如、晩酌用のビールを切らしていることに気づき、仕方なく仕事を中断して買い物に出る。歩いて行こうか車で行こうか一瞬迷うが、車は今現在氷細工のように冷え切っており、こいつにエンジンをかけてフロントガラスの氷をとかし車体の雪を払う、という一連の作業をやっている間に一番近いコンビニへは徒歩で往復できてしまう。冷たい風と粉雪に吹かれながら、てくてくと歩いてコンビニへ。茶の間でテレビを見ている時は、十数歩先のトイレに行くのさえ面倒だというのに、この熱意は何だろう。人は時に自分でも説明のつかない理由のない熱情[*6]に翻弄される生き物だが、もしそれを恋と呼ぶなら、これもまた恋なのだろうか。そうか、なら歌おう。恋の歌を。「あたいはビールに恋した女　彼のことを冷たい奴だ

と人は言うけれど　ああ　誰も知らない　そのクールな瞳に潜む熱い炎　ぞっとするような冷えた喉越しが　あたいの身体を焦がし　やけつくような二日酔いを呼ぶ　嘘よ嘘　ビールで悪酔いしないなんて全部嘘　あたいだけが知ってる仮面の下の奴の素顔」。誰か止めて。

18:00　母と二人で夕飯の支度。基本的に料理は好きではないので全然テンションが上がらない。仕方なく酒という名のガソリンを注入しつつ、義務的にそれを終える。それにしても何度でも言うが、もやしのヒゲ取り機（廉価版）はいつ発売されるのか。

19:00　夕食・後片付け。

20:00　仕事。

22:42　のはずが、ふと気づけば部屋のストーブの前でうたた寝。本日四度目の目覚めを迎える。こんなに眠るのはもしかすると成長期のせいかもしれないと思うが、体脂肪以外別段成長しているところもない。人体の不思議に感じ入りつつ、入浴。風呂上がりに玄関脇の物置へビールを取りに行くと、そのわずかな間に濡れた毛先が凍り始め、「これは……」と悪い予感を抱くまでもなく、ビールもガチガチに凍りついている。ということは氷点下十度以下であるな、私ほどの剣豪になるとそれくらいはすぐにわかる、と強がるも絶望的に悲しい。仕方なく湯につけて解凍。しかしなぜ解凍ビールはこれほどまでに不味《まず》いのか。しばらく涙にくれていたが、そこは剣豪、「うむう、こうなれば味も何もわからなくなるまで酔っ払ってしまえばいいのじゃすべてを忘れて愉快なひと時じゃ」とひらめき、[*7]もうその後は何がなんだか。

26/17 でろでろで就寝。Mさんからメールが来ているような気がしたがきっと気のせい。

以上は、Mさんによる「あとがき代わりの一問一答」に答えたものです。彼女の質問は以下のとおり。

＊1「典型的な一日のスケジュールをお教えください」　＊2「なぜお相撲が好きなのですか」　＊3「老後のプランをお教えください」　＊4「日本の教育について思うところをお教えください」　＊5「日本の将来についてどう考えていますか」　＊6「なぜ佐藤浩市が好きなのですか」　＊7「なぜ酒ばかり飲むのですか」

文庫版のためのあとがき

そろそろDVDレコーダーを買おうかと思っている。

本書にも登場する、買った当初から気の合わなかったDVDレコーダーが壊れて五年くらい（自信ない）、私は録画機器というものを持たなかった。それまでの暴君レコーダーにうんざりしていたというのもある。すんなり起動するのかしないのか、リモコンに反応するのかしないのか、観たい番組が録画されているのかいないのか、最後まで再生されるか途中で切れるのか、そんなことばかり心配する録画生活に疲れてしまったのだ。

また、それとは別に、「なけりゃないで困らないわね」と斜《しゃ》に構えつつ言ってみたい気持ちも、正直どこかにあった。よく見るじゃないですか。「休暇の間、ＰＣのない生活をしてみた。最初は少し物足りなかったり不安になったりしたが、そのうちにすっかり慣れた。刺激的な映像や、騒々しい他人の声や、押し寄せる仕事や、溢れる情報に振り回されることのない生活。朝はベッドの中で小鳥の囀《さえず》りを楽しみ、昼はガーデニングで大地に触れ、夜の時間は読書や家族団欒《だんらん》に費《つい》やす。静寂は心の豊かさを生むと実感した。そんな私の思いを知ってか知らずか、今日で休暇はおしまいという日、仕舞い込んでいた仕事用PCを手渡してくれながら、『子供たちが大きくなるまで、もうしばらくは頑張ってもらわなくちゃね』そう言って妻が笑った」みたいなのを。まあ本当にそんな薄気味悪いことを言ってみたいかといわれると別に言いたくないわけだが、というかPCとDVDレコーダーじゃ全然違うわけだが、それでも「なけりゃないで平気」ぶってはみたかったのだ。

でも、案外これが平気ではなかった。むしろ、テレビばっか観るようになった。それまでも「さすが昭和育ちのテレビっ子」とあちこちで絶賛されるくらいの熱心さを誇っていた私だが、録画機器がないという危機感がそれに拍車をかけたのだ。まさに一期一会。日々、正座して番組開始を待つような勢いになっていたところにもってきて、ダメ押し的にBSのDlifeチャンネルが開局したのが、一年ほど前のことである。

それを教えてくれた友達が「公子はこっちに来ちゃダメ‼　犠牲者は私一人で十分！」と血を吐くようなセリフで押しとどめようとしてくれたことが、今となっては懐かしい。友の声に耳を塞《ふさ》ぎ、しかし迷いなく私はそちらの道へと踏み込んだ。ああ、するとどうでしょう、そこでは毎日毎日昼夜関係なしに、私好みのアメリカドラマが放送されているではありませんか。

なるほど大変なことになった、と気づいた時には既に手遅れだった。とても引き返せるような状況ではなかった。「こうなれば仕方がない」、覚悟を決めて視聴すること一年、おかげで今やアメリカ通となった私は、考えていることを逐一《ちくいち》口に出す米国人の直情的なテンションにも、画面がいつも薄暗くて見づらい間接照明多用にも、二言目には「愛してる」で場をまとめようとする安直さにもすっかり慣れた。慣れないのは唯一、上《あが》り框《がまち》くらいだ。いや、だから玄関の上り框。

外から帰ってきた米国人夫がドアをバタンと乱暴に開き、怒気《どき》を含んだ声で「スーザン！　スーザン！」とかなんとか妻の名前を呼びながら、ツカツカと一直線に家の中に入ってくる。

バタン！　スーザン！　スーザン！　ツカツカ！

その躊躇《ちゆうちよ》のない直線的な動きを目にするたび、ああ上り框がない人たちなのだなあと私は思う。そうなのだ。上り框のない家に住んでいるからこそ、彼らはこんな畳《たた》みかけるような帰宅攻撃が可能なのだ。しかし、我々上り框民族は、とてもじゃないがそうはいかない。


バタン！　良子！……ゴソゴソ（靴を脱ぐ音）！　良子！……うわっ（脱ごうとした靴が勢い余ってあらぬ方向に飛んだ時に思わず漏らした声）！　よ……ガタン（その靴がドアに当たった音）！　よ、良子！

などとやっているうちに、

「何よ、うるさいわね」

「あ、いや」

「子供たちが起きちゃうじゃない」

「ご、ごめん」

「それより考えてくれた？　ヤマダさんとこのお中元。お世話になってるんだから」


なんてことになって、妻の迎撃態勢は整うわ気勢は削《そ》がれるわで、気分は一気に盛り下がることになる。が、しかし、ものは考えようというか、その「間」が時には人を救うのも確かで、たとえば人生に疲れきった深夜、ようやくたどり着いた自宅の玄関で靴を脱ぐ気力すらなく、思わず崩れ落ちるように上り框に座り込んだとしよう。薄暗い廊下の照明がぼんやり照らすその背中に、良子の声がそっと届く。

「おかえりなさい。熱いお茶をいれるわね」

この時の余韻《よいん》は、非上り框族にはなかなか出せないのではないか。なにしろあの人たちは落ち込む時もストレートで、ヘトヘトになりながらも立ち止まることなく家に入って、そのままベッドに倒れ込んだりするからね。靴脱げっての。

と、ことほどさように上り框の生む「間合い」は重要であって、彼らの不平や不満を直接ぶつけ合う性質も、得意の間接照明の下で雰囲気だして反省したり謝ったりする技も、その後「愛してる」と抱き合うお約束も、すべてが上り框の不在と結びついて……って、いや、まあ上り框の話はもういいか。

要するに私はだらだらテレビを観ている生活に別れを告げ、集中的に録画番組を観る生活に移行しようとしており、さらにいえばそこへ至るまで五年（自信ないけど）にわたってぐずぐずとレコーダーについて考え続けていたわけだ。正気なのか。他にすることなかったか。

しかし思えばこの本も、取るに足らないことをあれこれ考えては、一人でぶつぶつ呟いているような話ばかりだ。進歩がないといえば見事にないが、『いくつになっても変われる』とか『今日の自分が一番若い』とか『自分が変われば世界が変わる』とか、積極的に変化を求める姿勢が称賛される風潮の中においては、この変わらなさを勇気と名付けてもいい気すらする。同時に「いつ見てもこいつは相変わらず馬鹿なことを書いている」と言われることを目指す私にとっては本望でもある。いずれにせよ、近々レコーダーを買い、上り框の重要性を噛みしめたいと思う。

本書の出版にあたってご尽力くださった皆様に深く感謝いたします。ありがとうございました。

解説――失態記念本

椰月美智子《やづきみちこ》

わたくしごとで恐縮ですが、わたしはとても朗《ほが》らかな人間です。人様にもよく言われます。言いかえれば外ヅラがいいということでもあります。しかし一人のときのわたしは、非常に奥ゆかしく厳しい人間へと変貌《へんぼう》します。

わたしの姉は漫画好きでその集中力たるやすさまじく、幼いときから家族の指摘及び注意をものともせず、ある瞬間に突如《とつじょ》笑い出しては、まわりにいるみんなを不安におとしいれたものです。社会性のない姉だと、わたしはひそかに思っておりました。あとから気になってその漫画を読ませてもらっても、奥ゆかしく厳しいわたしにはとうてい笑い出すことなどできませんでした。姉の笑いのハードルがとてつもなく低いことに憤《いきどお》りさえ感じました。お客さんを笑わせたら勝ち抜くというお笑い番組がありますが、わたしには最後まで笑わない自信があります。

ですので、自分が声をあげて笑ってしまったという失態を演じてしまった本及び作者のことは、むろん忘れることはできません。そして、その解説を書かせて頂くことになろうとはこれ如何《いか》に。しかも十八本の新作をプラスしての大盤振る舞いの文庫化です。

気合を入れて再読しました。何度も言いますが、わたしは朗らかな仮面をかぶった、実に奥ゆかしく厳しい人間でありますので、解説脳に頭を切り替えて再読したわけです。

「ぐぶっ!」

あまりの思いがけなさに、喉《のど》から奇妙な破裂音が出ました。同じ机の上でわたしの仕事ぶりを見守っていた飼い猫の黒ださんが、「ぐぶっ!」に驚いてうしろに飛びおののき、ホチキスの芯や付箋《ふせん》や目薬や消しゴムなどが入っていたプラスティックの小皿をひっくり返し、その音にまたもや我を忘れ、高く積んであった本をなぎ倒すという暴挙に出ました。この片付けに二十分ほど取られました。「ぐぶっ!」は、『いたたまれない三十秒』で起こりました。

「うぐぶうっ!」

これは『話が通じない』で起こりました。二回目だったので予感はありました。

そろそろ来るな、来ちゃうんだな、という諦念《ていねん》とともに「うぐぶうっ！」はやって来たのです。ちょっとペースが早すぎやしないか？　と心配になりました。黒ださんは初回の「ぐぶっ！」に驚き、とっくにどこかへ行っちまいました。わたしは社会性のない姉のことを思い出し、大いに反省しました。

しつこいですが元来奥ゆかしく厳しい人間であるわたしは、漫然と笑っている場合ではないということに気付き、統計をとることにしました。思いがけず笑ってしまった箇所の統計です。笑いのハードルを最大級にあげて、いつにない厳しさで付箋を手に臨みました。

結果、惨敗。付箋だらけ。なにこれ。とりあえず付箋がついたページに戻ってみました。

「ぎゃははっ！」

しんとした仕事場でぎゃははっ！　その後「ぶはっ」「うふふふ」「ぐがっ」「わふっ」「ぬぐっ」。さまざまな笑い声がありました。個人的に大好きな『串刺し男の安否』にいたっては「ボヘミアンッ！」という、かつてない笑い声まで発してしまいました。どうやら、「んもうっ、大丈夫なの⁉」と「なにやってんの！」＆不気味な笑い声がまじり合って「ボヘミアンッ！」となった模様です。さあ、今すぐ

『串刺し男の安否』のページをめくってみてください。

「よお！　元気だった？　俺？　俺は知り合いのチンピラに牛刀で刺されたりしてたよ」

「あの人、死んだんですか」

「やっぱりあの人、死んだんですね」

「夜道で見知らぬ若者たちにいきなりバットのような物で殴り倒されて顔面を激しく負傷。その際、携帯電話も盗られていた」

え？　え？　ええッ⁉　どおいうこと⁉　超事件じゃん！　それにしても、「刺されたりしてたよ」の「たり」ってなに？

これはキミコ先生に男友達（牛刀で串刺しにされた元カレ）の携帯番号から電話がかかってきて、出てみるとそれはまったく知らない男であって、道端に落ちていた携帯電話を拾ってその発信履歴から、親切にもキミコ先生に電話をかけてくれたというそいつが元カレを襲った襲撃団だったという、とてもかいつまんで説明できない一大スペクタルなのでした。

「ボヘミアンッ！」と、笑ってしまったのも認めざるを得ません。とにかくわたしとしては身体中に様々な傷跡がある（その後大きな病気が発覚して手術痕も増える）その元カレとキミコ先生の復縁及び婚姻をのぞまずにはいられないのですが、まあ、まずないでしょうね。

続いて「あはははっ」と、さわやかな笑い声を打ち出してくれたのは、キミコ先生のご尊父《そんぷ》が登場される『紙パック交換啓蒙運動』です。まさに「あはははっ」の連続技でした。のねのねに伸びた餅を愛するお父さま。噛まずに飲み込む七十代の意地なる趣向。

ああ、何度想像したことだろう。白くのねる餅が入れ歯を巻き込みながら、父の喉を塞《ふさ》ぐ姿を。倒れ伏し、悶絶し、白目をむく父の姿を。驚いた私が丼を手に立ち上がり、そのまま闇雲に背中などを叩いて汁まみれになる姿を。しかし事態は好転せず、慌てて掃除機を持ち出すおのれの姿を。そのホースを父の口に必死に突っ込んだものの、コードを差し込み忘れてパニックに陥《おちい》る姿を。そのうえようやく稼働した掃除機が紙パックの交換不足で吸引力ゼロである姿を。想像の中では、百パーセント父は助からない。

吸引力ゼロである姿！　高らかに笑いました。そして、この流れるように秩序立った文章には、思わずひれ伏したくなります。

一度、いっそ入れ歯をはずしたらどうかと思って、歯なしで餅を食べてもらったら、そのふにふにの口元が父を老けこませ、より「今すぐ詰まり感」を演出したので中止した。

爆笑とともに、実にリアルな映像が脳裏《のうり》に映し出されました。ふにふに感。わたしの祖母が総入れ歯だったのでよくわかります。なんであんなに顔が一気に縮んで、ふにふにになってしまうんでしょうね。歯って大事ですね。その後、お母さまが大好物の「蒟蒻畑《こんにゃくばたけ》」十二個を一気食いするという、北大路家の重鎮《じゅうちん》たちの暴走ぶりに、キミコ先生の心配は尽きません。

それにしても、キミコ先生のエッセイは一級品だとつくづく思うのです。豊富な語彙《ごい》と臨場感あふれる表現力。笑いというのは洗練された人にしか与えられないものです。こちらがいくら笑わそうと思っても、人は簡単には笑ってくれません。

そしてキミコ先生のおもろ資質に吸い寄せられるように、次々とおもろ体質の人たちが集まってきてしまう妙よ。編集者Mさんが出てくる『首都昼酒計画、実行す』も最高です。

――「お待たせしました～」と手を振りながら現れたMさんが、往年のドリフのような見事なフォームで転倒、スカート姿で衆人環視の駅前に倒れ伏す瞬間を目のあたりにする。脱げた靴が片方、美しい曲線を描きながら、Mさん本体より先に私のもとに到着した光景が心に残る。夕方には、某出版社の編集者二人と会い、そこで彼らを前にMさんが流れるように歳をごまかす場面を目撃。

読んでいる最中、わたしの頭にはなぜか「クラリネットをこわしちゃった」の、オーパッキャマラドーパッキャマラードーパオパオパの部分が、壊れたレコードのようにリフレインしておりました。

そして特筆すべきは、キミコ先生は泣かせ上手でもあるということ。『空にのぼった犬』のなんと感動的なことよ。キミコ先生の文章には、どこかしら静謐《せいひつ》さが漂っていると感じるのはわたしだけでしょうか。しんとした深い緑の森の奥にいるよた図書館の静寂。窓から差し込むひとすじの日差しにほこりがきらめく、古書に囲まれたような静けさ。

『正解から遠ざかる』にある、小説の断片のような圧倒的な文章には、抗えないような力で引きずり込まれてしまいます。

現在目下、傑作小説をご執筆中とのこと。キミコ先生の小説を読まずして死ぬことはできません。って、担当編集者さんにこれだけは絶対書いてくださいと懇願《こんがん》されたので触れましたが、全国のキミコ先生の読者が首を長くして待っていることは揺るがない事実であります。って、プレッシャーかけてごめんね、キミコせんせ。

キミコ先生と一応付き合っていることになっている女より、愛を込めて。

（作家）

本書は、二〇一〇年三月に毎日新聞社より刊行された作品に、
頑張って十八編を増補の上加筆し、文庫化したものです。

著者紹介
北大路公子（きたおおじ　きみこ）
北海道生まれ。大学卒業後、フリーライターに。新聞の書評欄や文芸誌などに寄稿。著書に、本書の姉妹編である『生きていてもいいかしら日記』（ＰＨＰ文芸文庫）、『枕もとに靴――ああ無情の泥酔日記』『最後のおでん――続・ああ無情の泥酔日記』『ぐうたら旅日記――恐山・知床をゆく』（以上、寿郎社）などがある。

ＰＨＰ文芸文庫　頭の中身が漏れ出る日々

2013年5月31日　第1版第1刷
2018年4月3日　第1版第3刷

著　者　北大路公子
発行者　後藤淳一
発行所　株式会社ＰＨＰ研究所
東京本部　〒135-8137 江東区豊洲5-6-52
第三制作部文藝課　☎03-3520-9620(編集)
普及部　☎03-3520-9630(販売)
京都本部　〒601-8411 京都市南区西九条北ノ内町11
PHP INTERFACE　https://www.php.co.jp/
組　版　朝日メディアインターナショナル株式会社
印刷所　共同印刷株式会社
製本所　株式会社大進堂

ISBN978-4-569-67995-2

PHP文芸文庫

生きていてもいいかしら日記

北大路公子 著

40代独身。趣味昼酒。座右の銘「好奇心は身を滅ぼす」。いいとこなしな日常だけど思わず笑いがこぼれ、なぜか元気が出るエッセイ集。

定価 本体五五二円（税別）

PHP文芸文庫

鶴川日記

白洲正子 著

名随筆家として今なお愛される白洲正子。白洲家の町田市鶴川での30年を綴った「鶴川日記」をはじめ、計3篇収録の随筆集、待望の復刊。

定価 本体五三三円（税別）